**Paulo Coelho** a reçu de nombreux prix internationaux, dont le prestigieux Crystal Award du Forum économique mondial. Lauréat du prix de la Fondation Blouin aux États-Unis, du prix Bambi 2001 en Allemagne et du prix 2005 de l'Association des libraires en Italie, il est également chevalier de l'ordre national de la Légion d'honneur en France. Il siège à l'Académie brésilienne de littérature depuis 2002.

Il est aussi chroniqueur pour la presse et publie chaque semaine dans les journaux du monde entier.

# COMME
# LE FLEUVE
# QUI COULE

# PAULO
# Coelho

## COMME
## LE FLEUVE
## QUI COULE

### RÉCITS 1998-2005

Traduit du portugais (Brésil) par
Françoise Marchand Sauvagnargues

Titre original :
**Ser como o rio que flui**

www.paulocoelho.com

*Sois comme le fleuve qui coule*
*Silencieux dans la nuit.*
*Ne redoute pas les ténèbres de la nuit.*
*S'il y a des étoiles dans le ciel, réfléchis-les.*
*Et si les cieux s'encombrent de nuages,*
*Comme le fleuve, les nuages sont faits d'eau ;*
*Réfléchis-les aussi sans tristesse*
*Dans les profondeurs tranquilles*

MANUEL BANDEIRA

# Préface

À quinze ans, j'ai dit à ma mère :

« J'ai découvert ma vocation. Je veux être écrivain.

— Mon fils, m'a-t-elle répondu attristée, ton père est ingénieur. C'est un homme logique, raisonnable, qui a une vision précise du monde. Sais-tu ce qu'est un écrivain ?

— Quelqu'un qui écrit des livres.

— Ton oncle Haroldo, qui est médecin, écrit aussi des livres, et il en a déjà publié quelques-uns. Fais la faculté d'ingénierie, et tu auras le temps d'écrire dans tes moments de liberté.

— Non, maman. Je ne veux être qu'écrivain. Pas un ingénieur qui écrit des livres.

— Mais as-tu déjà rencontré un écrivain ? As-tu vu une fois un écrivain ?

— Jamais. Seulement sur des photographies.

— Alors quoi ? Tu veux être écrivain, et tu ne sais pas très bien ce que c'est ? »

Pour pouvoir répondre à ma mère, j'ai décidé de faire une recherche et j'ai trouvé. Voilà ce qu'était être un écrivain, au début des années 1960 :

A) Un écrivain porte toujours des lunettes, et il est mal coiffé. Il passe la moitié de son temps enragé contre tout, et l'autre moitié déprimé. Il vit dans les bars, discutant avec d'autres écrivains qui portent des lunettes et sont décoiffés. Il parle de choses difficiles. Il a toujours des idées fantastiques pour son prochain roman, et il déteste celui qu'il vient de publier.

B) Un écrivain a le devoir et l'obligation de n'être pas compris par sa génération, ou bien il ne sera jamais considéré comme un génie, car il est convaincu qu'il est né à une époque dominée par la médiocrité. Un écrivain fait toujours plusieurs corrections et modifications dans chaque phrase qu'il écrit. Le vocabulaire d'un homme ordinaire se compose de trois mille mots ; un vrai écrivain ne les utilise jamais, puisqu'il en existe cent quatre-vingt-neuf mille autres dans le dictionnaire, et qu'il n'est pas un homme ordinaire.

C) Seuls d'autres écrivains comprennent ce qu'un écrivain veut dire. Pourtant il déteste en secret les autres écrivains – vu qu'ils briguent les mêmes places que l'histoire de la littérature réserve au long des siècles. Alors, l'écrivain et ses pairs se disputent le trophée du livre le plus compliqué : celui qui aura réussi à être le plus difficile sera considéré le meilleur.

D) Un écrivain s'y entend sur des sujets aux noms effrayants : sémiotique, épistémologie, néo-concrétisme. Quand il désire choquer, il tient des propos du genre : « Einstein est idiot » ou « Tolstoï est le bouffon de la bourgeoisie. » Ils sont tous scandalisés, mais ils se mettent à répéter aux autres que la théorie de la relativité est fausse, et que Tolstoï défendait les aristocrates russes.

E) Un écrivain, pour séduire une femme, dit : « Je suis écrivain », et il écrit un poème sur la serviette. Cela marche toujours.

F) Grâce à sa vaste culture, un écrivain trouve toujours un emploi comme critique littéraire. C'est à ce moment-là qu'il montre sa générosité, en écrivant sur les livres de ses amis. La moitié de la critique est composée de citations d'auteurs étrangers ; l'autre moitié, ce sont ces fameuses analyses de phrases, employant toujours des termes du genre « la coupure épistémologique » ou « la vision intégrée sur un axe correspondant ». Celui qui lit la critique commente : « Ce type est vraiment cultivé. » Et il n'achète pas le livre, parce qu'il ne saura pas comment poursuivre sa lecture quand la coupure épistémologique se présentera.

G) Quand il est invité à s'exprimer sur ce qu'il est en train de lire, un écrivain cite toujours un livre dont personne n'a entendu parler.

H) Il existe un seul livre qui éveille l'admiration unanime de l'écrivain et de ses pairs : *Ulysse*, de James Joyce. L'écrivain ne dit jamais de mal de ce livre, mais, quand quelqu'un lui demande de quoi il s'agit, il ne parvient pas à l'expliquer, ce qui fait douter qu'il l'ait vraiment lu. Il est absurde qu'*Ulysse* ne soit jamais réédité, puisque tous les écrivains le citent comme un chef-d'œuvre ; peut-être est-ce dû à la stupidité des éditeurs, qui laissent passer l'occasion de gagner beaucoup d'argent avec un livre que tout le monde a lu et aimé.

Muni de toutes ces informations, je suis retourné voir ma mère et je lui ai expliqué exactement ce qu'était un écrivain. Elle a été un peu surprise.

« Il est plus facile d'être ingénieur, a-t-elle dit. En outre, tu ne portes pas de lunettes. »

Mais j'étais déjà décoiffé, mon paquet de Gauloises dans la poche, une pièce de théâtre sous le bras (*Limites de la résistance*, que, pour ma grande joie, un critique a définie comme « le spectacle le plus dingue qu'[il ait] jamais vu »), étudiant Hegel, et décidé à lire *Ulysse* de toute façon. Jusqu'au jour où un chanteur de rock s'est présenté, m'a demandé de faire les textes de ses chansons, m'a éloigné de la quête de l'immortalité et m'a remis sur le chemin des gens ordinaires.

Cela m'a permis de beaucoup voyager et de changer plus souvent de pays que de chaussures, comme le disait Bertolt Brecht. Les pages qui suivent contiennent les récits de certains moments que j'ai vécus, des histoires que l'on m'a racontées, des réflexions que je me suis faites pendant que je parcourais une certaine étape du fleuve de ma vie.

Ces textes ont déjà été publiés dans divers journaux du monde, et ils font l'objet d'une nouvelle compilation à la demande des lecteurs.

L'auteur

## Une journée au moulin

Ma vie, en ce moment, est une symphonie composée de trois mouvements distincts : « beaucoup de monde », « quelques-uns », « personne ou presque ». Chacun dure approximativement quatre mois par an, ils se mêlent fréquemment au cours d'un même mois, mais ne se confondent pas.

« Beaucoup de monde », ce sont les moments où je suis en contact avec le public, les éditeurs, les journalistes. « Quelques-uns » c'est lorsque je vais au Brésil, retrouve mes vieux amis, me promène sur la plage de Copacabana, prends part à quelques mondanités, mais en général reste chez moi.

Aujourd'hui, cependant, j'ai l'intention de divaguer un peu sur le mouvement « personne ou presque ». En ce moment dans les Pyrénées, la nuit est tombée sur ce village de deux cents âmes où j'ai acheté voilà quelque temps un ancien moulin transformé en maison. Je me réveille tous les matins au chant du coq, je prends mon café et je sors me promener au milieu des vaches, des agneaux, des plantations de maïs et de foin. Je contemple les montagnes et, contrairement à ce qui se passe dans le mouvement « beaucoup de monde », je ne cherche pas à penser à ce que je suis. Je ne me pose pas de questions, je n'ai pas de réponses, je vis entièrement dans l'instant présent, comprenant que l'année a quatre saisons (cela peut paraître évident, mais nous l'oublions parfois), et je me transforme comme le paysage alentour.

À ce moment-là, je ne m'intéresse pas beaucoup à ce qui se passe en Irak ou en Afghanistan : comme pour toute autre personne qui vit à la campagne, les nouvelles les plus importantes sont celles qui concernent la météorologie. Tous les habitants de la petite ville savent s'il va pleuvoir, faire froid, venter fort, car cela influe directement sur leur vie, leurs projets, leurs récoltes. Je vois un fermier qui soigne son champ, nous nous souhaitons le bonjour, nous parlons du temps qu'il va faire, et nous reprenons nos activités, lui sur sa charrue, moi dans ma longue promenade.

Je rentre, je regarde la boîte aux lettres, j'y trouve le journal régional : il y a un bal au village voisin, une conférence dans un bar de Tarbes – la grande ville, avec ses quarante mille habitants –, les pompiers ont été appelés au cours de la nuit parce qu'une poubelle avait pris feu. Le sujet qui mobilise la région est une bande accusée de couper les platanes bordant une route de campagne, parce qu'ils ont causé la mort d'un motocycliste ; cette information occupe une page entière et plusieurs jours de reportages au sujet du « commando secret » qui veut venger la mort du garçon en détruisant les arbres.

Je me couche près du ruisseau qui traverse mon moulin. Je regarde les cieux sans nuages dans cet été terrible, qui a fait cinq mille morts, seulement en France. Je me lève et je vais pratiquer le *kyudo*, la méditation avec l'arc et la flèche, qui me prend plus d'une heure par jour. C'est déjà l'heure de déjeuner :

je fais un repas léger et soudain je remarque dans une des dépendances de l'ancienne construction un objet étrange, muni d'un écran et d'un clavier, connecté – merveille des merveilles – à une ligne à très haut débit, également appelée ADSL. Au moment où j'appuierai sur un bouton de cette machine, je sais que le monde viendra à ma rencontre.

Je résiste autant que je le peux, mais le moment arrive, mon doigt touche la commande « allumer » et me voilà de nouveau connecté au monde, aux colonnes des journaux brésiliens, aux livres, aux interviews qu'il faut donner, aux nouvelles d'Irak et d'Afghanistan, aux requêtes, à l'avis annonçant que mon billet d'avion arrive demain, aux décisions à ajourner, aux décisions à prendre.

Je travaille plusieurs heures parce que je l'ai choisi, parce que c'est ma légende personnelle, parce qu'un guerrier de la lumière sait qu'il a des devoirs et des responsabilités. Mais dans le mouvement « personne ou presque » tout ce qui se trouve sur l'écran de l'ordinateur est très lointain, de même que le moulin paraît un rêve quand je suis dans les mouvements « beaucoup de monde » ou « quelques-uns ».

Le soleil commence à se cacher, l'ordinateur est éteint, le monde redevient simplement la campagne, le parfum des herbes, le mugissement des vaches, la voix du berger qui reconduit ses brebis à l'étable à côté du moulin.

Je me demande comment je peux me promener en une seule journée dans deux mondes tellement différents : je n'ai pas de réponse, mais je sais que cela me donne beaucoup de plaisir, et je suis content tandis que j'écris ces lignes.

# L'homme qui suivait ses rêves

Je suis né à la maison de santé Saint-Joseph, à Rio de Janeiro. Comme l'accouchement avait été assez compliqué, ma mère m'a consacré à ce saint, le priant de m'aider à vivre. Joseph est devenu pour moi une référence dans la vie et, depuis 1987, l'année qui suivit mon pèlerinage à Saint-Jacques-de-Compostelle, je donne le 19 mars une fête en son honneur. J'invite des amis, des gens travailleurs et honnêtes, et avant le dîner, nous prions pour tous ceux qui s'efforcent de demeurer dignes dans ce qu'ils font. Nous prions aussi pour ceux qui sont au chômage, sans aucune perspective.

Dans la petite introduction que je fais avant la prière, j'ai coutume de rappeler que si le mot « rêve » apparaît cinq fois dans le Nouveau Testament, quatre occurrences font référence à Joseph, le charpentier. Dans tous ces cas, il est convaincu par un ange de faire exactement le contraire de ce qu'il avait projeté.

L'ange exige qu'il n'abandonne pas sa femme, même si elle est enceinte. Il pourrait dire des choses du genre : « Que vont penser les voisins ? » Mais il rentre chez lui, et il croit en la parole révélée.

L'ange l'envoie en Égypte. Il pourrait répondre : « Mais je suis déjà établi ici comme charpentier, j'ai ma clientèle, je ne peux pas tout laisser tomber maintenant ! » Pourtant, il range ses affaires, et il part vers l'inconnu.

L'ange lui demande de revenir d'Égypte. Alors Joseph pourrait penser : « Maintenant que j'ai réussi à stabiliser de nouveau ma vie et que j'ai une famille à nourrir ? »

Contrairement à ce que veut le sens commun, Joseph suit ses rêves. Il sait qu'il a un destin à accomplir, le destin de tous les hommes ou presque sur cette planète : protéger et nourrir sa famille. Comme des millions de Joseph anonymes, il cherche à s'acquitter de sa tâche, même s'il doit faire des choses qui dépassent sa compréhension.

Plus tard, sa femme ainsi que l'un de ses fils deviennent les grandes références du christianisme. Le troisième pilier de la famille, l'ouvrier, on ne pense à lui que dans les crèches de fin d'année, ou si l'on a pour lui une dévotion particulière, ce qui est mon cas, comme c'est le cas de Leonardo Boff, pour qui j'ai écrit la préface d'un livre sur le charpentier.

Je reproduis une partie d'un texte de l'écrivain Carlos Heitor Cony (j'espère qu'il est vraiment de lui, car je l'ai découvert sur Internet !) :

« On s'étonne fréquemment que, me déclarant agnostique, n'acceptant pas l'idée d'un Dieu philosophique, moral ou religieux, je vénère quelques saints de notre calendrier traditionnel. Dieu est un concept ou une entité trop lointaine pour mes moyens et même pour mes besoins. Les saints, parce qu'ils furent terrestres, faits de la même argile que moi, méritent plus que mon admiration. Ils méritent ma dévotion.

« Saint Joseph est l'un d'eux. Les Évangiles ne mentionnent pas un seul mot de lui, seulement des gestes, et une référence explicite : *vir justus*. Un homme juste. Comme il s'agissait d'un charpentier et non d'un juge, on en déduit que Joseph était par-dessus tout un bon. Bon charpentier, bon époux, bon père d'un gamin qui allait diviser l'histoire du monde. »

Belles paroles de Cony. Et moi, très souvent, je lis des aberrations du genre : « Jésus est allé en Inde apprendre avec les maîtres de l'Himalaya. »

Pour moi, tout homme peut transformer en une mission sacrée celle que lui donne la vie, et Jésus apprit tandis que Joseph, l'homme juste, lui enseignait la fabrication des tables, des chaises, des lits.

Je me plais à imaginer que la table sur laquelle le Christ consacra le pain et le vin avait été fabriquée par Joseph – il y avait là la main d'un charpentier anonyme, qui gagnait sa vie à la sueur de son front et, justement pour cette raison, permettait que les miracles se manifestent.

# Le Mal veut que le Bien soit fait

Le poète persan Rûmî raconte que Mùâwiya, premier calife de la dynastie des Omeyyades, dormait un jour dans son palais quand il fut réveillé par un homme étrange.

« Qui es-tu ? demanda-t-il.

— Je suis Lucifer, répondit l'autre.

— Et que désires-tu ici ?

— C'est déjà l'heure de ta prière, et tu continues à dormir. »

Mùâwiya fut impressionné. Comment le prince des ténèbres, celui qui désire toujours l'âme des hommes de peu de foi, voulait-il l'aider à accomplir un devoir religieux ?

Mais Lucifer expliqua :

« Rappelle-toi que j'ai été créé comme un ange de lumière. Malgré tout ce qui m'est arrivé dans l'existence, je ne peux pas oublier mon origine. Un homme peut aller à Rome ou à Jérusalem, il porte toujours dans son cœur les valeurs de sa patrie : c'est la même chose pour moi. J'aime toujours le Créateur, qui m'a nourri quand j'étais jeune et m'a appris à faire le bien. Quand je me suis révolté contre Lui, ce n'est pas parce que je ne L'aimais pas, bien au contraire, je L'aimais tellement que j'ai été jaloux quand Il a créé Adam. À ce moment-là, j'ai voulu défier le Seigneur, et cela a causé ma ruine ; pourtant, je me rappelle les bénédictions qui m'ont été données un jour, et peut-être qu'en agissant bien je pourrais retourner au Paradis. »

Mùâwiya répondit :

« Je ne peux croire ce que tu me dis. Tu es responsable de la destruction de beaucoup de gens sur la face de la Terre.

— Crois-le, insista Lucifer. Seul Dieu peut construire et détruire, parce qu'il est le Tout-Puissant. C'est Lui, en créant l'homme, qui a mis dans les attributs de la vie le désir, la vengeance, la compassion et la peur. Par conséquent, quand tu vois le mal autour de toi, ne m'accuse pas, car je suis seulement le miroir des malheurs qui arrivent. »

Convaincu que quelque chose clochait, Mùâwiya se mit à prier désespérément afin que Dieu l'éclairât. Il passa toute la nuit à discuter avec Lucifer, et, malgré les arguments brillants qu'il entendit, il ne se laissa pas convaincre.

Alors que le jour se levait, Lucifer céda enfin, expliquant :

« C'est bien, tu as raison. Quand, cet après-midi, je suis venu te réveiller pour que tu ne manques pas l'heure de la prière, mon intention n'était pas de te rapprocher de la Lumière divine.

« Je savais que si tu n'accomplissais pas tes obligations, tu ressentirais une profonde tristesse, et que les jours suivants tu prierais avec une foi redoublée, demandant pardon pour avoir oublié le rituel correct. Aux yeux de Dieu, chacune de ces prières faite avec amour et repentir équivaudrait à deux cents prières faites de façon banale et automatique.

Tu serais finalement plus pur et inspiré, Dieu t'aimerait davantage, et je serais plus loin de ton âme. »

Lucifer disparut, et un ange de lumière entra peu après :

« N'oublie jamais la leçon d'aujourd'hui, dit-il à Mùâwiya. Le mal se déguise parfois en émissaire du bien, mais son intention secrète est de provoquer plus de destruction. »

Ce jour-là, et les jours suivants, Mùâwiya pria plein de repentir, de compassion et de foi. Dieu entendit mille fois ses prières.

## Prêt pour le combat, mais avec des doutes

Je suis vêtu d'un étrange uniforme vert, plein de fermetures à glissière, fait d'un tissu grossier. Mes mains portent des gants, pour éviter les blessures. Je tiens une espèce de lance, presque aussi haute que moi : son extrémité en métal possède un trident d'un côté et une pointe aiguisée de l'autre.

Et devant mes yeux, ce qui va être attaqué dans une minute : mon jardin.

Avec l'objet que j'ai en main, je commence à arracher la mauvaise herbe qui s'est mêlée au gazon. Je fais cela un bon moment, sachant que la plante retirée du sol va mourir dans les deux jours.

Soudain, je me demande : est-ce que je fais bien ?

Ce que j'appelle « mauvaise herbe » est en réalité la tentative de survie d'une espèce déterminée, que la nature a mis des millions d'années à faire naître et à développer. La fleur a été fertilisée grâce au travail d'innombrables insectes, elle est devenue graine, le vent l'a répandue dans tous les champs environnants, et ainsi – plantée non pas en un seul point, mais en de nombreux endroits – elle a beaucoup plus de chances d'arriver jusqu'au prochain printemps. Si elle était concentrée dans un lieu unique, elle serait menacée par les animaux herbivores, une inondation, un incendie, ou une sécheresse.

Mais tout cet effort de survie se heurte maintenant à la pointe d'une lance, qui l'arrache du sol sans la moindre pitié.

Pourquoi fais-je cela ?

Quelqu'un a créé le jardin. Je ne sais pas qui, quand j'ai acheté la maison il était déjà là, en harmonie avec les montagnes et les arbres qui l'entourent. Mais son créateur a dû réfléchir longuement à ce qu'il allait faire, planter avec beaucoup de soin et de préparation (il y a une rangée d'arbustes qui cache la cabane dans laquelle nous rangeons le bois), et s'en occuper au cours d'innombrables hivers et printemps. Quand il m'a remis le vieux moulin – où je passe quelques mois par an – la pelouse était impeccable. À présent c'est à moi de donner une continuité à son travail, bien que la question philosophique demeure : dois-je respecter le travail du créateur, du jardinier, ou dois-je accepter l'instinct de survie dont la nature a doté cette plante, aujourd'hui appelée « mauvaise herbe » ?

Je continue à arracher les plantes indésirables, et à en faire une pile qui bientôt sera brûlée. Il se peut que je réfléchisse trop sur des thèmes qui n'appellent pas des réflexions, mais des actions. Cependant, chaque geste de l'être humain est sacré et plein de conséquences, et cela me force à réfléchir davantage à ce que je fais.

D'un côté, ces plantes ont le droit de se répandre en tous sens. D'un autre côté, si je ne les détruis pas maintenant, elles finiront par étouffer le gazon. Dans le Nouveau Testament, Jésus parle d'arracher l'ivraie, afin qu'elle ne soit pas mêlée au bon grain.

Mais – avec ou sans le soutien de la Bible – je suis devant le problème concret auquel l'humanité est sans cesse confrontée : jusqu'à quel point est-il possible d'intervenir dans la nature ? Cette intervention est-elle toujours négative, ou peut-elle être parfois positive ?

Je laisse de côté l'arme – connue également sous le nom de houe. Chaque coup signifie la fin d'une vie, la non-existence d'une fleur qui se serait épanouie au printemps, l'arrogance de l'être humain qui veut modeler le paysage autour de lui. Je dois réfléchir davantage, car j'exerce en ce moment un pouvoir de vie et de mort. Le gazon semble dire : « Protège-moi, elle va me détruire. » L'herbe aussi me parle : « Je suis venue de si loin pour arriver dans ton jardin, pourquoi veux-tu me tuer ? »

À la fin, ce qui vient à mon secours, c'est le texte indien de la Bhagavad-Gita. Je me souviens de la réponse de Krishna au guerrier Arjuna, quand ce dernier, découragé avant une bataille décisive, jette ses armes à terre, et dit qu'il n'est pas juste de prendre part à un combat qui finira par tuer son frère. Krishna répond à peu près ceci : « Crois-tu que tu peux tuer quelqu'un ? Ta main est Ma main, et tout ce que tu fais était déjà écrit. Personne ne tue, et personne ne meurt. »

Encouragé par ce souvenir soudain, j'empoigne de nouveau la lance, j'attaque les herbes qui n'ont pas été invitées à pousser dans mon jardin, et je garde la seule leçon de cette matinée : quand quelque chose d'indésirable poussera dans mon âme, je prie Dieu qu'il me donne pareillement le courage de l'arracher sans aucune pitié.

## Le chemin du tir à l'arc

*Il est important de répéter* : une action est une pensée qui se manifeste.

Un petit geste nous dénonce, de sorte que nous devons tout perfectionner, penser aux détails, apprendre la technique de telle manière qu'elle devienne intuitive. L'intuition n'a rien à voir avec la routine, elle relève d'un état d'esprit qui est au-delà de la technique.

Ainsi, après avoir beaucoup pratiqué, nous ne pensons plus à tous les mouvements nécessaires : ils font désormais partie de notre existence. Mais pour cela, il faut nous entraîner, répéter.

Et comme si cela ne suffisait pas, il faut répéter et nous entraîner.

Observez un bon forgeron qui travaille le fer. Pour l'œil mal entraîné, il répète les mêmes coups de marteau.

Mais celui qui connaît l'importance de l'entraînement sait que, chaque fois qu'il soulève le marteau et le fait redescendre, l'intensité du coup est différente. La main répète le même geste, mais à mesure qu'elle s'approche du fer, elle comprend si elle doit le toucher plus durement ou plus délicatement.

Observez le moulin. Pour qui regarde ses ailes une seule fois, il semble tourner à la même vitesse, répétant toujours le même mouvement.

Mais celui qui connaît les moulins sait qu'ils sont soumis au vent et changent de direction chaque fois que c'est nécessaire.

La main du forgeron a été éduquée après qu'il a eu répété des milliers de fois le geste de marteler. Les ailes du moulin peuvent se mouvoir très vite après que le vent a beaucoup soufflé et que ses engrenages ont été polis.

L'archer admet que beaucoup de flèches passent loin de son objectif, car il sait qu'il n'apprendra l'importance de l'arc, de la position, de la corde et de la cible que lorsqu'il aura répété ses gestes des milliers de fois, sans craindre de se tromper.

Et puis vient le moment où il n'a plus besoin de penser à ce qu'il est en train de faire. Dès lors, l'archer devient son arc, sa flèche et sa cible.

*Comment observer le vol de la flèche* : la flèche est l'intention qui se projette dans l'espace.

Une fois qu'elle a été lancée, l'archer ne peut plus rien faire, si ce n'est accompagner son parcours vers la cible. À partir de ce moment, la tension nécessaire au tir n'a plus de raison d'exister.

Alors, l'archer garde les yeux fixés sur le vol de la flèche, mais son cœur est en paix et il sourit.

À ce moment, il s'est suffisamment entraîné, il est parvenu à développer son instinct, il a gardé son élégance et sa concentration durant tout le processus du tir, il va sentir la présence de l'univers et voir que son action était juste et digne.

Grâce à la technique, ses deux mains sont prêtes, sa respiration précise, ses yeux peuvent fixer la cible. Grâce à l'instinct, le moment de tirer sera parfait.

Celui qui passerait près de là et verrait l'archer les bras écartés, ses yeux suivant la flèche, penserait qu'il est paralysé. Mais les alliés savent que l'esprit de celui qui a tiré est dans une autre dimension, qu'il est maintenant en contact avec tout l'univers : il continue à travailler, apprenant tout ce que ce tir a apporté de positif, corrigeant les erreurs éventuelles, acceptant ses qualités, attendant de voir comment la cible réagit quand elle est atteinte.

Lorsque l'archer tend la corde, il peut voir le monde entier dans son arc. Lorsqu'il accompagne le vol de la flèche, ce monde s'approche de lui, le caresse, et il a la sensation parfaite du devoir accompli.

Aussitôt qu'il accomplit son devoir et transforme son intention en geste, un guerrier de la lumière n'a plus rien à redouter : il a fait ce qu'il avait à faire. Il ne s'est pas laissé paralyser par la peur – même si la flèche n'a pas atteint la cible, il aura une autre occasion, car il ne s'est pas montré lâche.

Le petit garçon regardait son grand-père écrire une lettre. À un certain moment, il demanda :

« Tu écris une histoire qui nous est arrivée ? Est-ce par hasard une histoire sur moi ? »

Le grand-père cessa d'écrire, sourit, et déclara à son petit-fils :

« J'écris sur toi, c'est vrai. Mais plus important que les mots est le crayon que j'utilise. J'aimerais que tu sois comme lui quand tu seras grand. »

Intrigué, le gamin regarda le crayon, et il ne vit rien de particulier.

« Mais il est pareil à tous les crayons que j'ai vus dans ma vie !

— Tout dépend de la façon dont tu regardes les choses. Il y a en lui cinq qualités qui feront de toi, si tu parviens à les garder, une personne en paix avec le monde.

« Première qualité : tu peux faire de grandes choses, mais tu ne dois jamais oublier qu'il existe une Main qui guide tes pas. Cette main, nous l'appelons Dieu, et Il doit toujours te conduire vers Sa volonté.

« Deuxième qualité : de temps à autre je dois cesser d'écrire et utiliser le taille-crayon. Le crayon souffre un peu, mais à la fin il est mieux aiguisé. Par conséquent, sache supporter certaines douleurs, car elles feront de toi une meilleure personne.

« Troisième qualité : le crayon nous permet toujours d'utiliser une gomme pour effacer nos erreurs. Comprends que corriger une chose que nous avons faite n'est pas nécessairement un mal, mais que c'est important pour nous maintenir sur le chemin de la justice.

« Quatrième qualité : ce qui compte vraiment dans le crayon, ce n'est pas le bois ou sa forme extérieure, mais le graphite qui se trouve à l'intérieur. Par conséquent, prends toujours soin de ce qui se passe en toi.

« Enfin, la cinquième qualité du crayon : il laisse toujours une marque. De même, sache que tout ce que tu feras dans la vie laissera des traces, et efforce-toi d'être conscient de tous tes actes. »

# Manuel pour gravir les montagnes

A) *Choisissez la montagne que vous désirez gravir.* Ne vous laissez pas guider par les commentaires des autres, qui vous disent « celle-ci est plus belle » ou « celle-là est plus facile », vous dépenseriez beaucoup d'énergie et beaucoup d'enthousiasme pour atteindre votre objectif. Vous êtes le seul responsable et devez être sûr de ce que vous faites.

B) *Sachez comment arriver devant elle.* Très souvent, on voit la montagne de loin – belle, intéressante, pleine de défis –, mais quand on essaie de s'en approcher, que se passe-t-il ? Les routes la contournent, il y a des forêts entre vous et votre objectif, ce qui paraît clair sur la carte est difficile dans la vie réelle. Par conséquent, essayez tous les chemins, les sentiers, et puis un jour vous vous trouverez face au sommet que vous souhaitez atteindre.

C) *Apprenez de quelqu'un qui est déjà passé par là.* Vous avez beau vous juger unique, il y a toujours quelqu'un qui a fait avant vous le même rêve, et a finalement laissé des marques qui peuvent vous faciliter la marche. C'est votre bout de chemin, votre responsabilité également, mais n'oubliez pas que l'expérience d'autrui est d'un grand secours.

D) *Vus de près, les dangers sont contrôlables.* Quand vous commencez à gravir la montagne, soyez attentif à ce qu'il y a autour. Des précipices, bien sûr. Des crevasses presque imperceptibles. Des pierres tellement polies par les tempêtes qu'elles sont glissantes comme la glace. Mais si vous savez où vous posez chaque pied, vous remarquerez les pièges et vous saurez les contourner.

E) *Le paysage change, donc profitez-en.* Il est clair qu'il faut avoir un objectif en tête – arriver au sommet. Mais à mesure que l'on monte, on voit davantage de choses, et cela ne coûte rien de s'arrêter de temps en temps et de jouir un peu du panorama environnant. À chaque mètre conquis, vous pouvez voir un peu plus loin ; profitez-en alors pour découvrir des choses que vous n'avez pas encore distinguées.

F) *Respectez votre corps.* Seul celui qui accorde à son corps l'attention qu'il mérite réussit à gravir une montagne. Vous avez tout le temps que la vie vous donne, donc marchez sans exiger ce qu'elle ne peut donner. Si vous allez trop vite, vous serez fatigué et vous renoncerez à mi-chemin. Si vous allez trop lentement, la nuit peut tomber et vous serez perdu. Profitez du paysage, jouissez de l'eau fraîche des sources et des fruits que la nature vous offre généreusement, mais continuez à marcher.

G) *Respectez votre âme.* Ne répétez pas tout le temps : « Je vais réussir. » Votre âme le sait déjà, ce dont elle a besoin, c'est de se servir de cette longue route pour grandir, s'étendre à l'horizon, atteindre le ciel. Une obsession n'aide en rien à la recherche de votre objectif et finit par vous priver du plaisir de l'escalade. Mais attention : ne répétez pas non plus « c'est plus difficile que je ne le pensais », car cela vous ferait perdre votre force intérieure.

H) *Préparez-vous à marcher un kilomètre de plus.* Le parcours jusqu'au sommet de la montagne est toujours plus long que vous ne le pensez. Ne vous mentez pas, le moment arrivera où ce qui paraissait près est encore très loin. Mais comme vous êtes disposé à aller au-delà, ce n'est pas vraiment un problème.

I) *Réjouissez-vous quand vous atteignez le sommet.* Pleurez, battez des mains, criez aux quatre coins que vous avez réussi, laissez le vent là-haut (parce que là-haut il vente toujours) purifier votre âme, rafraîchissez vos pieds fatigués et en sueur, ouvrez les yeux, ôtez la poussière de votre cœur. C'est merveilleux, ce qui auparavant n'était qu'un rêve, une vision lointaine, fait maintenant partie de votre vie, vous avez réussi.

J) *Faites une promesse.* Vous avez découvert une force que vous ne vous connaissiez même pas, profitez-en et dites-vous que désormais vous l'utiliserez pour le restant de vos jours. De préférence, promettez aussi de découvrir une autre montagne et de partir vers une nouvelle aventure.

L) *Racontez votre histoire.* Oui, racontez votre histoire. Donnez-vous en exemple. Dites à tout le monde que c'est possible, et alors d'autres personnes se sentiront le courage d'affronter leurs propres montagnes.

# De l'importance du diplôme

Mon vieux moulin, dans le petit village des Pyrénées, est séparé de la ferme voisine par une rangée d'arbres. L'autre jour, mon voisin, un homme d'une soixantaine d'années, est venu me voir. Je le voyais fréquemment travailler aux champs avec sa femme, et je pensais qu'il était temps pour eux de se reposer.

Le voisin, au demeurant très sympathique, m'a dit que les feuilles mortes de mes arbres tombaient sur sa toiture et que je devais les couper.

J'en ai été très choqué : comment quelqu'un qui a passé toute sa vie en contact avec la nature veut-il que je détruise quelque chose qui a eu tant de mal à pousser, simplement parce que, en dix ans, cela risque d'abîmer les tuiles ?

Je l'invite à prendre un café. Je lui dis que je me sens responsable, que si un jour ces feuilles mortes (qui seront balayées par le vent et par l'été) provoquaient le moindre dommage, je me chargerais de lui faire construire un nouveau toit. Le voisin déclare que cela ne l'intéresse pas : il veut que je coupe les arbres. Un peu agacé, je dis que je préfère acheter sa ferme.

« Ma terre n'est pas à vendre », répond-il.

« Mais avec cet argent, vous pourriez acheter une maison superbe en ville, y vivre le restant de vos jours avec votre femme, n'ayant plus à affronter des hivers rigoureux et des récoltes perdues.

— La ferme n'est pas à vendre. Je suis né, j'ai grandi ici, et je suis trop vieux pour déménager. »

Il suggère qu'un expert vienne de la ville, fasse une évaluation, et décide – ainsi, aucun de nous n'a besoin de se mettre en colère. En fin de compte, nous sommes voisins.

Après son départ, ma première réaction est de l'accuser d'insensibilité et de mépris envers la Terre Mère. Puis je suis intrigué : Pourquoi n'a-t-il pas accepté de vendre sa terre ? Et avant la fin de la journée, je comprends que mon voisin n'a connu dans la vie qu'une histoire, et qu'il ne veut pas en changer. Aller à la ville signifie aussi s'enfoncer dans un monde inconnu ayant d'autres valeurs, qu'il se juge peut-être trop vieux pour acquérir.

Cela arrive-t-il seulement à mon voisin ? Non. Je pense que cela arrive à tout le monde – nous sommes parfois tellement attachés à notre manière de vivre que nous refusons une grande occasion faute de savoir comment l'utiliser. Dans son cas, sa ferme et son village sont les seuls lieux qu'il connaisse, et cela ne vaut pas la peine de prendre un risque. Quant aux gens qui habitent la ville, ils ont la conviction qu'il faut avoir un diplôme universitaire, se marier, avoir des enfants, faire en sorte que leurs enfants aient aussi un diplôme, et ainsi de suite. Personne ne se demande : « Se pourrait-il que je fasse autre chose ? »

Je me souviens que mon barbier travaillait jour et nuit pour que sa fille puisse aller jusqu'au bout de ses études de sociologie. Elle a réussi à terminer la faculté et, après avoir frappé à beaucoup de portes, a trouvé un emploi de secrétaire dans une entreprise de production de ciment. Pourtant, mon barbier disait fièrement : « Ma fille a un diplôme. »

La plupart de mes amis, et des enfants de mes amis, ont aussi un diplôme. Cela ne signifie pas qu'ils ont trouvé le travail qu'ils désiraient – bien au contraire, ils sont entrés dans une université et en sont sortis parce que, à une époque où les universités étaient importantes, on leur avait dit que pour s'élever dans la vie, il fallait avoir un diplôme. Et ainsi le monde a perdu d'excellents jardiniers, boulangers, antiquaires, sculpteurs, écrivains.

Peut-être est-il temps de revoir un peu cela : médecins, ingénieurs, scientifiques, avocats, doivent faire des études supérieures. Mais est-ce que tout le monde en a besoin ? Je laisse les vers de Robert Frost donner la réponse :

« *Devant moi il y avait deux routes*
*J'ai choisi la route la moins fréquentée*
*Et cela a fait toute la différence.* »

P.-S. Pour terminer l'histoire du voisin : l'expert est venu et, à ma surprise, il nous a montré une loi française selon laquelle tout arbre doit se trouver à un minimum de trois mètres de la propriété d'autrui. Les miens se trouvant à deux mètres, je devrai les couper.

# Dans un bar de Tokyo

Le journaliste japonais pose la question habituelle :

« Et quels sont vos écrivains favoris ? »

Je donne la réponse habituelle :

« Jorge Amado, Jorge Luis Borges, William Blake et Henry Miller. »

La traductrice me regarde avec étonnement :

« Henry Miller ? »

Mais elle se rend compte aussitôt que son rôle n'est pas de poser des questions, et elle continue son travail. À la fin de l'interview, je veux savoir pourquoi ma réponse l'a tellement surprise. Je dis qu'Henry Miller n'est peut-être pas un écrivain « politiquement correct », mais c'est quelqu'un qui m'a ouvert un monde gigantesque – ses livres ont une énergie vitale que l'on rencontre rarement dans la littérature contemporaine.

« Je ne critique pas Henry Miller, j'en suis fan, moi aussi, répond-elle. Saviez-vous qu'il a été marié avec une Japonaise ? »

Oui, bien sûr : je n'ai pas honte d'être fanatique de quelqu'un, et je veux tout savoir de sa vie. Je suis allé à une foire du livre seulement pour connaître Jorge Amado, j'ai fait 48 heures d'autocar pour rencontrer

Borges (une rencontre qui n'a pas eu lieu par ma faute : quand je l'ai vu, je suis resté paralysé, et je n'ai rien dit), j'ai sonné à la porte de John Lennon à New York (le portier m'a demandé de laisser une lettre expliquant le pourquoi de ma visite, il a dit qu'éventuellement Lennon téléphonerait, ce qui ne s'est jamais produit). Je projetais d'aller à Big Sur voir Henry Miller, mais il est mort avant que je ne trouve l'argent du voyage.

« La Japonaise s'appelle Hoki, je réponds fièrement. Je sais aussi qu'à Tokyo il y a un musée consacré aux aquarelles de Miller.

— Désirez-vous la rencontrer ce soir ? »

Mais quelle question ! Bien sûr que je désire être près de quelqu'un qui a vécu avec l'une de mes idoles. J'imagine qu'elle doit recevoir des visites du monde entier, des demandes d'interviews ; finalement, ils sont restés près de dix ans ensemble. Ne sera-t-il pas très difficile de lui demander de gaspiller son temps avec un simple fan ? Mais si la traductrice dit que c'est possible, mieux vaut lui faire confiance – les Japonais tiennent toujours parole.

J'attends anxieusement le restant de la journée, nous montons dans un taxi, et tout commence à paraître étrange. Nous nous arrêtons dans une rue où le soleil ne doit jamais entrer, car un viaduc passe au-dessus. La traductrice indique un bar de seconde zone au deuxième étage d'un immeuble qui tombe en ruine.

Nous montons les escaliers, nous entrons dans le bar complètement vide, et là se trouve Hoki Miller.

Pour cacher ma surprise, j'essaie d'exagérer mon enthousiasme pour son ex-mari. Elle m'emmène dans une salle du fond, où elle a créé un petit musée

– quelques photos, deux ou trois aquarelles signées, un livre dédicacé, et rien d'autre. Elle me raconte qu'elle l'a connu quand elle faisait sa maîtrise à Los Angeles et, pour gagner sa vie, jouait du piano dans un restaurant et chantait des chansons françaises (en japonais). Miller est venu y dîner, il a adoré les chansons (il avait passé à Paris une grande partie de sa vie), ils sont sortis deux ou trois fois ensemble et il l'a demandée en mariage.

Je vois que dans le bar où je me trouve il y a un piano – comme si elle retournait au passé, au jour où ils se sont rencontrés. Elle me raconte des choses délicieuses sur leur vie commune, les problèmes dus à leur différence d'âge (Miller avait plus de cinquante ans, Hoki en avait à peine vingt), le temps qu'ils ont passé ensemble. Elle explique que les héritiers des autres mariages ont tout gardé, y compris les droits d'auteur des livres – mais cela n'a pas d'importance, ce qu'elle a vécu est au-delà de la compensation financière.

Je lui demande de jouer la musique qui a attiré l'attention de Miller, des années auparavant. Les larmes aux yeux, elle joue et chante *Les Feuilles mortes*.

La traductrice et moi, nous sommes aussi émus. Le bar, le piano, la voix de la Japonaise résonnant contre les murs vides, sans qu'elle se préoccupe de la gloire des ex-femmes, des flots d'argent que les livres de Miller doivent engendrer, de la renommée mondiale dont elle pourrait jouir maintenant.

« Cela ne valait pas la peine de me battre pour l'héritage : l'amour m'a suffi », dit-elle à la fin, comprenant ce que nous ressentons. Oui, à son absence totale d'amertume ou de rancœur, je comprends que l'amour lui a suffi.

# De l'importance du regard

Au début, Theo Wierema était seulement un type insistant. Pendant cinq ans, il a envoyé religieusement une invitation à mon bureau de Barcelone, me conviant à une causerie à Haia, en Hollande.

Pendant cinq ans, mon bureau répondait invariablement que mon agenda était complet. En réalité, mon agenda n'est pas toujours complet ; cependant, un écrivain n'est pas nécessairement quelqu'un qui parle bien en public. En outre, tout ce que j'ai à dire se trouve dans les livres et les colonnes que j'écris – c'est pourquoi j'essaie toujours d'éviter les conférences.

Theo découvrit que j'allais enregistrer une émission pour une chaîne de télévision en Hollande. Quand je suis descendu pour le tournage, il m'attendait dans le hall de l'hôtel. Il s'est présenté et m'a proposé de m'accompagner, disant :

« Je ne suis pas quelqu'un qui ne peut pas entendre un refus. Je crois seulement que je m'y prends mal pour atteindre mon but. »

Il faut lutter pour ses rêves, mais il faut savoir également que quand certains chemins se révèlent impossibles, mieux vaut garder son énergie pour parcourir d'autres routes. J'aurais pu simplement dire « non » (j'ai déjà prononcé et entendu ce mot très souvent), mais j'ai décidé de chercher un moyen plus diplomatique : mettre des conditions impossibles à satisfaire.

J'ai dit que je donnerais la conférence gratuitement, mais que le billet d'entrée ne dépasserait pas deux euros et que la salle devrait contenir au maximum deux cents personnes.

Theo a accepté.

« Vous allez dépenser plus que vous ne gagnerez, l'ai-je alerté. Pour ce qui me concerne, rien que le billet d'avion et l'hôtel coûtent le triple de ce que vous recevrez si vous parvenez à remplir la salle. De plus, il y a les coûts de promotion, la location du local... »

Theo m'a interrompu, disant que rien de tout cela n'avait d'importance : il faisait cela à cause de ce qu'il voyait dans sa profession.

« J'organise des événements parce que j'ai besoin de continuer à croire que l'être humain est en quête d'un monde meilleur. Je dois apporter ma contribution pour que ce soit possible. »

Quelle était sa profession ?

« Je vends des églises. »

Et il a poursuivi, à mon grand étonnement :

« Je suis chargé par le Vatican de sélectionner des acheteurs, vu qu'il y a en Hollande plus d'églises que de fidèles. Et comme nous avons eu dans le passé de très mauvaises expériences – nous avons vu des lieux sacrés se transformer en boîtes de nuit, en immeubles en copropriété, en boutiques et même en sex-shops – le système de vente a changé. Le projet doit être approuvé par la communauté, et l'acheteur doit annoncer ce qu'il fera de l'immeuble : en général nous acceptons seulement les propositions qui comportent un centre culturel, une institution charitable, ou un musée.

« Quel rapport cela a-t-il avec votre conférence, et les autres que j'essaie d'organiser ? Les gens ne se rencontrent plus. Quand ils ne se rencontrent pas, ils ne peuvent pas se développer. »

Me regardant fixement, il a conclu :

« Des rencontres. Mon erreur avec vous, ce fut justement cela. Au lieu d'envoyer un courrier électronique, j'aurais dû montrer tout de suite que je suis fait de chair et d'os. Un jour où je ne parvenais pas à obtenir de réponse d'un certain politicien, je suis allé frapper à sa porte, et il m'a dit : "Si vous voulez quelque chose, il faut d'abord montrer vos yeux." Depuis lors, je l'ai fait, et je n'ai recueilli que de bons résultats. Nous pouvons avoir tous les moyens de communication du monde, mais rien, absolument rien, ne remplace le regard de l'être humain. »

Évidemment j'ai fini par accepter la proposition.

P.-S. Quand je suis allé à Haia pour la conférence, sachant que ma femme, artiste plasticienne, a toujours désiré créer un centre culturel, j'ai souhaité voir quelques-unes des églises à vendre. J'ai demandé le prix d'une église qui normalement abritait cinq cents paroissiens le dimanche : elle coûtait un euro, quoique les dépenses d'entretien pussent atteindre des niveaux prohibitifs.

# Gengis Khan et son faucon

Lors d'une récente visite au Kazakhstan, en Asie centrale, j'ai eu l'occasion d'accompagner des chasseurs qui se servent du faucon comme d'une arme. Je ne veux pas entrer ici dans un débat concernant le mot « partie de chasse » ; je dirai simplement que, dans ce cas, c'est la nature accomplissant son cycle.

Je n'avais pas d'interprète, et ce qui aurait pu être un problème s'est révélé une bénédiction. Empêché de bavarder avec les chasseurs, j'étais plus attentif à ce qu'ils faisaient : j'ai vu notre petit cortège s'arrêter, l'homme qui portait le faucon sur le bras s'éloigner un peu, et retirer la minuscule visière en argent de la tête de l'oiseau. Je ne sais pourquoi, il avait décidé de s'arrêter là, et je ne pouvais pas poser de question.

L'oiseau a pris son vol, tracé quelques cercles dans l'air, puis il est descendu en piqué dans la direction du ravin et n'a plus bougé. Nous avons vu en nous approchant qu'un renard était prisonnier dans ses serres. La même scène s'est produite une autre fois au cours de la matinée.

De retour au village, j'ai retrouvé les personnes qui m'attendaient, et je leur ai demandé comment on parvenait à domestiquer le faucon pour lui faire

faire tout ce que j'avais vu – y compris rester docilement sur le bras de son maître (et sur le mien également ; on m'avait mis des courroies en cuir et j'ai pu voir de près ses serres acérées).

Question inutile. Personne ne sait expliquer : on dit que cet art se transmet de génération en génération, le père l'enseigne à son fils, et ainsi de suite. Mais resteront gravés à tout jamais dans mes rétines les montagnes enneigées au fond, la silhouette du cheval et le cavalier, le faucon quittant son bras et descendant en flèche.

Restera aussi une légende que l'on m'a racontée pendant que nous déjeunions.

Un matin, le guerrier mongol Gengis Khan et sa cour partirent à la chasse. Tandis que ses compagnons emportaient arcs et flèches, Gengis Khan portait sur le bras son faucon favori – qui était meilleur et plus précis que n'importe quelle flèche, parce qu'il pouvait s'élever dans les cieux et voir tout ce que l'être humain ne voit pas.

Cependant, malgré tout leur enthousiasme, ils ne trouvèrent rien. Déçu, Gengis Khan regagna son campement, mais pour ne pas se décharger de sa frustration sur ses compagnons, il se sépara du cortège et décida de cheminer seul.

Ils étaient restés dans la forêt plus longtemps que prévu, et Khan mourait de fatigue et de soif. À cause de la chaleur de l'été, les ruisseaux étaient à sec, il ne trouvait rien à boire, et puis – miracle ! – il vit devant lui un filet d'eau qui descendait d'un rocher.

Immédiatement, il détacha le faucon de son bras, prit la petite coupe en argent qu'il portait toujours avec lui, mit un long moment à la remplir, et, alors qu'il était sur le point de la porter à ses lèvres, le faucon prit son vol et lui arracha la coupe des mains, la jetant au loin.

Gengis Khan était furieux, mais c'était son animal favori, peut-être avait-il soif lui aussi. Il saisit la coupe, nettoya la poussière et la remplit de nouveau. Le verre à demi plein, le faucon l'attaqua de nouveau, renversant le liquide.

Gengis Khan adorait son animal, mais il savait qu'il ne pouvait tolérer en aucune circonstance qu'on lui manquât de respect ; quelqu'un pouvait assister de loin à la scène, et plus tard raconter à ses guerriers que le grand conquérant était incapable de dompter ne serait-ce qu'un oiseau.

Cette fois, il tira son épée de sa ceinture, s'empara de la coupe, recommença à la remplir – gardant un œil sur la source et l'autre sur le faucon. Dès qu'il vit qu'il y avait assez d'eau, il se prépara à boire, alors le faucon prit de nouveau son vol et se dirigea vers lui. Khan, d'un coup précis, lui transperça le cœur.

Mais le filet d'eau avait séché. Décidé à boire d'une manière ou d'une autre, il grimpa sur le rocher pour trouver la source. À sa surprise, il y avait vraiment une nappe d'eau et, au milieu, mort, l'un des serpents les plus venimeux de la région. S'il avait bu l'eau, il aurait quitté le monde des vivants.

Khan revint au campement avec le faucon mort dans les bras. Il fit fabriquer une reproduction en or de l'oiseau, et il grava sur une aile :

« Même quand un ami fait quelque chose qui ne te plaît pas, il reste ton ami. »

Sur l'autre aile, il fit écrire :

« Toute action motivée par la fureur est une action vouée à l'échec. »

# En regardant le jardin de l'autre

« Donne à l'idiot mille intelligences, et c'est la tienne qu'il voudra », dit le proverbe arabe. Nous commençons à planter le jardin de notre vie et, regardant à côté, nous voyons que le voisin est là, à épier. Il est incapable de faire quoi que ce soit, mais il se plaît à se mêler de la façon dont nous semons nos actions, plantons nos pensées, arrosons nos conquêtes.

Si nous prêtons attention à ce qu'il raconte, nous finissons par travailler pour lui, et le jardin de notre vie sera une idée du voisin. Nous en oublierons la terre cultivée avec tant de sueur, fertilisée par tant de bénédictions. Nous oublierons que chaque centimètre de terre a ses mystères, que seule la main patiente du jardinier peut déchiffrer. Nous cesserons d'être attentifs au soleil, à la pluie et aux saisons – pour nous concentrer uniquement sur cette tête qui nous épie par-dessus la clôture.

L'idiot qui adore se mêler de notre jardin ne soigne jamais ses propres plantes.

## La boîte de Pandore

Le même matin, trois signes venant de continents différents : un courrier électronique du journaliste Lauro Jardim, me demandant de confirmer certaines données sur une note me concernant et mentionnant la situation dans la Rocinha, à Rio de Janeiro. Un appel téléphonique de ma femme, qui vient de débarquer en France : elle était partie avec un couple d'amis français pour leur montrer notre pays, et ils sont tous les deux revenus effrayés et déçus. Enfin, le journaliste qui vient m'interviewer pour une télévision russe : « Est-il vrai que dans votre pays plus d'un demi-million de personnes sont mortes assassinées, entre 1980 et 2000 ?

— Ce n'est pas vrai, bien sûr », je réponds.

Mais si : il me montre les données d'un « institut brésilien » (en réalité, l'Instituto Brasileiro de Geografia e Estatística).

Je reste sans voix. La violence dans mon pays traverse les océans, les montagnes, et vient jusqu'ici, en Asie centrale. Que dire ?

Dire ne suffit pas, car les mots qui ne se transforment pas en action « apportent la peste », comme le disait William Blake. J'ai tenté de faire ma part : j'ai créé mon institut, avec deux personnes héroïques, Isabella et Yolanda Maltarolli ; nous essayons de donner éducation, affection et amour à trois cent soixante enfants de la favela de Pavão-Pavãozinho. Je sais qu'en ce moment il y a des milliers de Brésiliens qui font beaucoup plus, qui travaillent en silence, sans aide officielle, sans appui privé, seulement pour ne pas se laisser dominer par le pire des ennemis : le désespoir.

À un certain moment, j'ai pensé que si chacun faisait sa part, les choses changeraient. Mais ce soir, tandis que je contemple les montagnes gelées à la frontière chinoise, j'ai des doutes. Peut-être que, même si chacun fait sa part, le dicton que j'ai appris enfant reste vrai : « Contre la force, il n'y a pas d'argument. »

Je regarde de nouveau les montagnes, éclairées par la lune. Est-ce que vraiment contre la force, il n'y a pas d'argument ? Comme tous les Brésiliens, j'ai essayé, j'ai lutté, je me suis efforcé de croire que la situation de mon pays s'améliorerait un jour, mais chaque année qui passe, les choses semblent plus compliquées, indépendamment de celui qui gouverne, du parti, des plans économiques ou de leur absence.

J'ai vu la violence aux quatre coins du monde. Je me souviens qu'une fois, au Liban, peu après la guerre qui l'avait dévasté, je me promenais dans les ruines de Beyrouth avec une amie, Söula Saad. Elle m'expliquait que sa ville avait déjà été détruite sept fois. Je lui ai demandé, sur le ton de la plaisanterie, pourquoi ses habitants ne renonçaient pas à reconstruire, et ne s'en allaient pas ailleurs. « Parce que c'est notre ville », a-t-elle répondu. « Parce que l'homme qui n'honore pas la terre où sont enterrés ses ancêtres sera maudit à tout jamais. »

L'être humain qui ne rend pas honneur à sa terre se déshonore. Dans l'un des mythes grecs classiques de la création, l'un des dieux, furieux que Prométhée ait volé le feu et donné ainsi l'indépendance à l'homme, envoie Pandore se marier avec son frère, Épiméthée. Pandore porte une boîte, qu'il lui est interdit d'ouvrir. Cependant, comme il arrive à Ève dans le mythe chrétien, sa curiosité est la plus forte : elle soulève le couvercle pour voir ce que la boîte contient, et, à ce moment, tous les maux du monde en surgissent et se répandent sur la Terre.

Seul reste à l'intérieur l'Espoir.

Alors, même si tout dit le contraire et qu'en ce moment je suis quasi convaincu que rien ne va s'arranger, malgré toute ma tristesse et ma sensation d'impuissance, je ne peux pas perdre la seule chose qui me maintient en vie : l'espoir – ce mot qui a toujours suscité l'ironie des pseudo-intellectuels, qui le considèrent comme synonyme de « tromperie ». Ce mot tellement manipulé par les gouvernements, qui font des promesses en sachant qu'ils ne vont pas les accomplir, et déchirent encore plus les cœurs. Très souvent ce mot est avec nous le matin, il est blessé au cours de la journée, meurt à la tombée de la nuit mais ressuscite avec l'aurore.

Oui, il existe le proverbe : « Contre la force, il n'y a pas d'argument. »

Mais il existe aussi cet autre : « Tant qu'il y a de la vie, il y a de l'espoir. » Et je le garde, tandis que je regarde les montagnes enneigées à la frontière chinoise.

## Comment le tout peut se trouver
## dans un morceau

Réunion chez un peintre pauliste qui vit à New York. Nous parlons des anges et de l'alchimie. À un certain moment, je tente d'expliquer à d'autres invités l'idée, venant de l'alchimie, que chacun de nous contient en lui l'Univers entier, et qu'il en est responsable.

Aux prises avec les mots, je ne trouve pas une bonne image ; le peintre, qui écoute en silence, invite tout le monde à regarder par la fenêtre de son atelier.

« Que voyez-vous ?

— Une rue du Village, répond quelqu'un. »

Le peintre colle un papier sur la vitre de sorte qu'on ne voie plus la rue et, à l'aide d'un canif, il fait un petit carré dans le papier.

« Et si l'on regarde par là, que voit-on ?

— La même rue, dit un autre invité. »

Le peintre découpe dans le papier plusieurs carrés.

« De même que chaque petit trou dans ce papier contient la même rue, chacun de nous contient le même Univers, dit-il. »

Et tous les assistants applaudissent à cette belle image.

## La musique qui venait de la chapelle

Le jour de mon anniversaire, l'Univers m'a fait un cadeau que j'aimerais partager avec mes lecteurs.

Au milieu d'une forêt, près de la petite ville d'Azereix, dans le sud-ouest de la France, se trouve une petite colline couverte d'arbres. La température approchant les 40 °C, un été où la chaleur fit presque cinq mille morts dans les hôpitaux, regardant les champs de maïs complètement détruits par la sécheresse, nous n'avons pas très envie de marcher. Pourtant, je dis à ma femme :

« Un jour, après t'avoir laissée à l'aéroport, j'ai décidé de me promener dans cette forêt. J'ai trouvé le chemin très beau, ne veux-tu pas le connaître ? »

Christina regarde une tache blanche au milieu des arbres et demande ce que c'est.

« Une petite chapelle. »

Je dis que le chemin passe par là, mais que la seule fois où j'y suis allé, elle était fermée. Habitués comme nous le sommes aux montagnes et aux champs, nous savons que Dieu est partout, qu'il n'est pas nécessaire d'entrer dans une construction faite par l'homme pour Le rencontrer. Très souvent, au cours de nos longues promenades, nous prions en silence, écoutant la voix de la nature, et comprenant que le monde invisible se manifeste toujours dans le monde visible. Après une demi-heure d'ascension, la chapelle apparaît au milieu du bois, et les questions habituelles surgissent : Qui l'a construite ? Pourquoi ? À quel saint ou sainte est-elle consacrée ?

Et à mesure que nous approchons, nous entendons une musique et une voix qui paraissent emplir de joie l'air autour de nous. « L'autre fois où je suis venu ici, il n'y avait pas ces haut-parleurs », me dis-je, trouvant étrange que quelqu'un mette de la musique pour attirer des visiteurs dans un sentier rarement fréquenté.

Mais contrairement à ce qu'il s'est passé lors de ma promenade précédente, la porte est ouverte. Nous entrons, et c'est comme si nous étions dans un autre monde : la chapelle éclairée par la lumière du matin, une image de l'Immaculée Conception sur l'autel, trois rangées de bancs, et dans un coin, dans une sorte d'extase, une jeune fille d'une vingtaine d'années jouant de la guitare et chantant les yeux fixés sur l'image devant elle.

J'allume trois cierges comme je le fais toujours quand j'entre pour la première fois dans une église (pour moi, pour mes amis et lecteurs, et pour mon travail). Ensuite je regarde derrière moi : la fille a noté notre présence, souri et continué à jouer.

La sensation du Paradis semble alors descendre des cieux. Comme si elle comprenait ce qu'il se passe dans mon cœur, elle mêle musique et silence, de temps à autre fait une prière.

Et j'ai conscience d'être en train de vivre un moment inoubliable de ma vie – cette conscience que très souvent nous ne pouvons avoir qu'après que le moment magique a pris fin. Je suis entièrement là, sans passé, sans futur, vivant uniquement ce matin, cette musique, cette douceur, la prière inattendue. J'entre dans une sorte d'adoration, d'extase, reconnaissant d'être en vie. Après beaucoup de larmes et ce qui me semble une éternité, la jeune fille fait une pause, ma femme et moi nous nous levons, nous la remercions, et je dis que j'aimerais lui envoyer un cadeau pour la paix dont elle a empli mon âme. Elle dit qu'elle vient dans cet endroit tous les matins, et que c'est sa manière de prier. J'insiste avec l'histoire du cadeau, elle hésite mais finit par donner l'adresse d'un couvent.

Le lendemain je lui envoie un de mes livres, et peu après je reçois sa réponse ; elle explique qu'elle est sortie de cet endroit ce jour-là l'âme inondée de joie, parce que le couple qui était entré s'était associé à l'adoration et au miracle de la vie.

Dans la simplicité de cette modeste chapelle, dans la voix de la jeune fille, dans la lumière du matin qui inondait tout, j'ai compris encore une fois que la grandeur de Dieu se montre toujours à travers des choses simples. Si un de mes lecteurs passe un jour par la petite ville d'Azereix et voit une chapelle au milieu de la forêt, qu'il marche jusquelà. Si c'est le matin, une fille seule sera là, louant la Création par sa musique.

# La Piscine du Diable

Je regarde une belle piscine naturelle près du hameau de Babinda, en Australie. Un jeune Indien s'approche.

« Attention de ne pas glisser », dit-il.

Le petit lac est entouré de rochers, mais ils sont apparemment sûrs, et il est possible de s'y promener.

« Cet endroit s'appelle la Piscine du Diable, poursuit le garçon. Voilà bien des années, Oolona, une belle Indienne mariée à un guerrier de Babinda, tomba amoureuse d'un autre homme. Ils s'enfuirent dans ces montagnes, mais le mari réussit à les retrouver. L'amant s'échappa, tandis qu'Oolona était assassinée ici, dans ces eaux.

« Depuis lors, Oolona confond tous les hommes qui s'approchent avec son amour perdu, et elle les tue dans ses bras d'eau. »

Plus tard, j'interroge le patron du petit hôtel au sujet de la Piscine du Diable.

« C'est peut-être une superstition, commente-t-il. Mais le fait est que onze touristes sont morts là ces dix dernières années, et tous étaient des hommes. »

# Le mort qui portait un pyjama

Je lis sur un site d'informations sur Internet : « Le 10 juin 2004, on a trouvé dans la ville de Tokyo un mort vêtu d'un pyjama. »

Jusque-là, très bien ; je pense que la majorité des gens qui meurent en pyjama, ou bien

A) sont morts dans leur sommeil, ce qui est une bénédiction, ou bien

B) se trouvaient avec leurs proches, ou dans un lit d'hôpital – la mort n'est pas venue brutalement, tous ont eu le temps de s'habituer à « l'indésirable », ainsi que l'appelait le poète brésilien Manuel Bandeira.

L'information continue : « Quand il est décédé, il se trouvait dans sa chambre. » Donc, éliminée l'hypothèse de l'hôpital, il nous reste la possibilité qu'il soit mort dans son sommeil, sans souffrir, sans même se rendre compte qu'il ne verrait pas la lumière du jour suivant.

Mais il reste une possibilité : agression suivie de mort.

Ceux qui connaissent Tokyo savent que cette ville gigantesque est en même temps l'un des lieux les plus sûrs du monde. Je me souviens de m'être une fois arrêté pour dîner avec mes éditeurs avant de poursuivre notre voyage vers l'intérieur du Japon – toutes nos valises étaient en vue, sur le siège arrière de la voiture. J'ai dit immédiatement que c'était très dangereux, à coup sûr quelqu'un allait passer, les voir, et disparaître avec nos vêtements, nos documents, etc. Mon éditeur a souri et m'a dit que je ne devais pas m'inquiéter – il n'avait jamais connu un cas semblable de toute sa longue vie (effectivement, il n'est rien arrivé à nos bagages, bien que je sois resté tendu durant tout le dîner).

Mais revenons à notre mort en pyjama : il n'y avait aucun signe de lutte, de violence ou quoi que ce soit de ce genre. Un officier de la police métropolitaine, dans son interview au journal, affirmait qu'il était quasi certain que l'homme était mort brutalement d'une crise cardiaque. Par conséquent, écartons également l'hypothèse d'un homicide.

Le cadavre avait été découvert par les employés d'une entreprise de construction, au deuxième étage d'un immeuble, dans un bloc d'habitations qui était sur le point d'être démoli. Tout nous incite à penser que notre mort en pyjama, dans l'impossibilité de trouver un endroit pour vivre dans l'une des villes les plus peuplées et les plus chères du monde, avait simplement décidé de s'installer quelque part où il n'aurait pas à payer de loyer.

Alors arrive la partie tragique de l'histoire : notre mort n'était qu'un squelette habillé d'un pyjama. À côté de lui, il y avait un journal ouvert, daté du 20 février 1984. Sur une table à proximité, le calendrier marquait le même jour.

C'est-à-dire qu'il était là depuis vingt ans.

Et personne n'avait signalé son absence.

L'homme fut identifié, un ex-fonctionnaire de la compagnie qui avait construit le bloc d'habitations, où il s'était installé au début des années 1980, à la suite de son divorce. Il avait un peu plus de cinquante ans le jour où, en train de lire le journal, il avait brusquement quitté ce monde.

Son ex-femme ne s'enquit jamais de lui. On alla jusqu'à l'entreprise où il travaillait, on découvrit qu'elle avait été mise en faillite peu après l'achèvement des travaux, car aucun appartement n'était vendu ; aussi le fait que l'homme ne se présentât pas pour ses activités quotidiennes n'avait-il surpris personne. On chercha ses amis, qui attribuèrent sa disparition au fait qu'ils lui avaient réclamé un peu d'argent qu'ils lui avaient prêté et qu'il n'avait pas de quoi rembourser.

L'information dit enfin que les restes ont été remis à l'ex-épouse. J'ai terminé ma lecture de l'article, et j'ai réfléchi à cette phrase finale : l'ex-épouse était encore vivante, et pourtant, pendant vingt ans, elle n'avait jamais recherché son mari. Qu'a-t-il pu lui passer par la tête ? Qu'il ne l'aimait plus, qu'il avait décidé de l'éloigner pour toujours de sa vie. Qu'il avait rencontré une autre femme et disparu sans laisser de traces. Que la vie est ainsi, une fois achevée la procédure de divorce, cela n'a aucun sens de poursuivre une relation qui est légalement terminée. J'imagine ce qu'elle a dû ressentir en apprenant le destin de l'homme avec qui elle avait partagé une grande partie de sa vie.

Ensuite, j'ai pensé au mort en pyjama, dans sa solitude totale, abyssale, au point que personne dans ce monde, pendant vingt longues années, ne s'était rendu compte qu'il avait simplement disparu sans laisser de traces. Et j'arrive à la conclusion que plus que la faim, la soif, le chômage, la souffrance d'amour, le désespoir de la défaite, le pire de tout, c'est de sentir que personne, mais absolument personne en ce monde, ne s'intéresse à nous.

En ce moment, faisons une prière silencieuse pour cet homme, et remercions-le de nous avoir fait réfléchir à l'importance de nos amis.

# La braise solitaire

Juan se rendait toujours au service dominical de sa congrégation. Mais trouvant peu à peu que le pasteur répétait toujours la même chose, il cessa de fréquenter l'église.

Au bout de deux mois, par une froide nuit d'hiver, le pasteur lui rendit visite.

« Il est sans doute venu essayer de me convaincre de revenir », pensa Juan en son for intérieur. Il imagina qu'il ne pouvait pas avouer la vraie raison : les sermons répétitifs. Il lui fallait trouver une excuse, et tandis qu'il réfléchissait, il installa deux chaises devant la cheminée et se mit à parler du temps.

Le pasteur ne dit rien. Après avoir tenté inutilement d'animer la conversation un moment, Juan se tut à son tour. Ils demeurèrent tous les deux silencieux, à contempler le feu, pas loin d'une demi-heure.

C'est alors que le pasteur se leva, et à l'aide d'une branche qui n'avait pas encore brûlé, écarta une braise pour l'éloigner du feu.

Comme elle n'avait plus assez de chaleur pour continuer à brûler, la braise commença à s'éteindre. Juan la fit revenir vivement au centre de la cheminée.

« Bonne nuit, dit le pasteur, qui se levait pour sortir.

— Bonne nuit, et merci beaucoup, répondit Juan.

— Loin du feu, la braise, aussi brillante soit-elle, finit par s'éteindre rapidement.

— Loin de ses semblables, l'homme, aussi intelligent soit-il, ne peut pas conserver sa chaleur et sa flamme. Je retournerai à l'église dimanche prochain. »

# Manuel est un homme important
## et nécessaire

Manuel doit être occupé. Sinon, il pense que sa vie n'a pas de sens, qu'il perd son temps, que la société n'a pas besoin de lui, que personne ne l'aime, que personne ne veut de lui.

Par conséquent, à peine réveillé, il a une série de tâches à accomplir : regarder les nouvelles à la télévision (il a pu se passer quelque chose pendant la nuit), lire le journal (il a pu se passer quelque chose la veille), prier sa femme de ne pas laisser les enfants se mettre en retard pour l'école, prendre une voiture, un taxi, un autobus, un métro, mais toujours concentré, regardant le vide, regardant sa montre, si possible donnant quelques coups de téléphone sur son mobile – et faisant en sorte que tout le monde voie qu'il est un homme important, utile au monde.

Manuel arrive au travail, se penche sur la paperasse qui l'attend. S'il est fonctionnaire, il fait son possible pour que le chef voie qu'il est arrivé à l'heure. S'il est patron, il met tout le monde au travail immédiatement ; s'il n'y a pas de tâches importantes en perspective, Manuel va les développer, les créer, préparer un nouveau projet, établir de nouvelles lignes d'action.

Manuel va déjeuner, mais jamais seul. S'il est patron, il s'assied avec ses amis, discute des nouvelles stratégies, dit du mal des concurrents, garde toujours une carte dans la manche, se plaint (avec une certaine fierté) de la surcharge de travail. Si Manuel est fonctionnaire, il s'assied aussi avec ses amis, se plaint du chef, dit qu'il fait beaucoup d'heures supplémentaires, affirme avec désespoir (et une grande fierté) que beaucoup de choses dans l'établissement dépendent de lui.

Manuel – patron ou employé – travaille tout l'après-midi. De temps à autre il regarde sa montre, il est bientôt l'heure de rentrer à la maison, mais il reste un détail à résoudre par-ci, un document à signer par-là. C'est un homme honnête, il doit faire de son mieux pour justifier son salaire et répondre aux attentes des autres, aux rêves de ses parents, qui ont fait tant d'efforts pour lui donner l'éducation nécessaire.

Enfin il rentre chez lui. Il prend un bain, met un vêtement plus confortable et va dîner avec sa famille. Il s'enquiert des devoirs des enfants, des activités de sa femme. De temps en temps il parle de son travail, uniquement pour servir d'exemple – il n'a pas l'habitude d'apporter des soucis à la maison. Le dîner terminé, les enfants – qui se moquent bien des exemples, des devoirs, ou des choses de ce genre – sortent de table aussitôt et s'installent devant l'ordinateur. Manuel, à son tour, va s'asseoir devant ce vieil appareil de son enfance, appelé télévision. Il regarde de nouveau les informations (il a pu se passer quelque chose l'après-midi).

Il va toujours se coucher avec un livre technique sur la table de nuit – qu'il soit patron ou employé, il sait que la concurrence est rude et que celui qui ne se met pas à jour court le risque de perdre son emploi et de devoir affronter la pire des malédictions : rester inoccupé.

Il cause un peu avec sa femme – après tout, c'est un homme gentil, travailleur, affectueux, prenant soin de sa famille et prêt à la défendre en toutes circonstances. Le sommeil vient tout de suite, Manuel s'endort, sachant que le lendemain il sera très occupé et qu'il doit recouvrer son énergie.

Cette nuit-là, Manuel fait un rêve. Un ange lui demande : « Pourquoi fais-tu cela ? » Il répond qu'il est un homme responsable.

L'ange continue : « Serais-tu capable, au moins quinze minutes dans ta journée, de t'arrêter un peu, regarder le monde, te regarder toi-même, et simplement ne rien faire ? » Manuel dit qu'il adorerait, mais qu'il n'a pas le temps. « Tu te moques de moi, affirme l'ange. Tout le monde a le temps, ce qui manque, c'est le courage. Travailler est une bénédiction quand cela nous aide à penser à ce que nous sommes en train de faire. Mais cela devient une malédiction quand cela n'a d'autre utilité que de nous éviter de penser au sens de notre vie. »

Manuel se réveille en pleine nuit, il a des sueurs froides. Courage ? Comment cela, un homme qui se sacrifie pour les siens n'a pas le courage de s'arrêter quinze minutes ?

Il vaut mieux qu'il se rendorme, tout cela n'est qu'un rêve, ces questions ne mènent à rien, et demain il sera très, très occupé.

# Manuel est un homme libre

Pendant trente ans, Manuel travaille sans arrêt, il élève ses enfants, donne le bon exemple, consacre tout son temps au travail et ne se demande jamais : « Est-ce que ce que je suis en train de faire a un sens ? » Son seul souci, c'est l'idée que plus il sera occupé, plus il sera important aux yeux de la société.

Ses enfants grandissent et quittent la maison, il a une promotion, un jour on lui offre une montre ou un stylo pour le récompenser de toutes ces années de dévouement, ses amis versent quelques larmes, et arrive le moment tant attendu : le voilà retraité, libre de faire ce qu'il veut.

Les premiers mois, il se rend de temps à autre à son ancien bureau, bavarde avec ses vieux amis, et s'accorde un plaisir dont il a toujours rêvé : se lever plus tard. Il se promène sur la plage ou dans la ville, il a une maison de campagne qu'il s'est achetée à la sueur de son front, il a découvert le jardinage et il pénètre peu à peu le mystère des plantes et des fleurs. Manuel a du temps, tout le temps du monde. Il voyage grâce à une partie de l'argent qu'il a pu mettre de côté. Il visite des musées, apprend en deux heures ce que les peintres et sculpteurs de différentes époques ont mis des siècles à développer, mais du moins a-t-il la sensation d'accroître sa culture. Il fait des centaines, des milliers de photos, et les envoie à ses amis – après tout, ils doivent savoir qu'il est heureux !

D'autres mois passent. Manuel apprend que le jardin ne suit pas exactement les mêmes règles que l'homme – ce qu'il a planté va pousser lentement, et rien ne sert d'aller voir si le rosier est déjà en boutons. Dans un moment de réflexion sincère, il découvre qu'il n'a vu au cours de ses voyages qu'un paysage à l'extérieur de l'autocar de tourisme, des monuments qui sont maintenant rangés sur des photos 6 × 9, mais qu'il n'a, en réalité, ressenti aucune émotion particulière – il s'inquiétait davantage de raconter son aventure à ses amis que de vivre l'expérience magique de se trouver dans un pays étranger.

Il continue à regarder tous les journaux télévisés, il lit davantage la presse (car il a plus de temps), il se considère comme une personne extrêmement bien informée, capable de discuter de choses qu'autrefois il n'avait pas le temps d'étudier.

Il cherche quelqu'un avec qui partager ses opinions – mais ils sont tous plongés dans le fleuve de la vie, travaillant, faisant quelque chose, enviant Manuel pour sa liberté, et en même temps contents d'être utiles à la société et « occupés » à une activité importante.

Manuel cherche du réconfort auprès de ses enfants. Ces derniers le traitent toujours très gentiment – il a été un excellent père, un exemple d'honnêteté et de dévouement – mais eux aussi ont d'autres soucis, même s'ils se font un devoir de prendre part au déjeuner dominical.

Manuel est un homme libre, dans une situation financière raisonnable, bien informé, il a un passé impeccable, mais maintenant ? Que faire de cette liberté si durement conquise ? Tout le monde le félicite, fait son éloge, mais personne n'a de temps pour lui. Peu à peu, Manuel se sent triste, inutile – malgré toutes ces années au service du monde et de sa famille.

Une nuit, un ange apparaît dans son rêve : « Qu'as-tu fait de ta vie ? As-tu cherché à la vivre en accord avec tes rêves ? »

Manuel se réveille avec des sueurs froides. Quels rêves ? Son rêve, c'était cela : avoir un diplôme, se marier, avoir des enfants, les élever, prendre sa retraite, voyager. Pourquoi l'ange pose-t-il encore des questions qui n'ont pas de sens ?

Une nouvelle et longue journée commence. Les journaux. Les informations à la télévision. Le jardin. Le déjeuner. Dormir un peu. Faire ce dont il a envie – et à ce moment-là, il découvre qu'il n'a envie de rien. Manuel est un homme libre et triste, au bord de la dépression, parce qu'il était trop occupé pour penser au sens de sa vie, tandis que les années coulaient sous le pont. Il se rappelle les vers d'un poète : « Il a traversé la vie/il ne l'a pas vécue. »

Mais comme il est trop tard pour accepter cela, mieux vaut changer de sujet. La liberté, si durement acquise, n'est autre qu'un exil déguisé.

## Manuel va au Paradis

Et puis, notre cher, honnête et dévoué Manuel finit par mourir un jour – ce qui arrivera à tous les Manuel, Paulo, Maria, Monica de la vie. Et là, je laisse la parole à Henry Drummond, dans son livre brillant *Le Don suprême,* pour décrire ce qui se passe ensuite.

Nous nous sommes tous posé, à un certain moment, la question que toutes les générations se sont posée :

Quelle est la chose la plus importante de notre existence ?

Nous voulons employer nos journées le mieux possible, car personne d'autre ne peut vivre pour nous. Alors il nous faut savoir où nous devons diriger nos efforts, quel est l'objectif suprême à atteindre.

Nous sommes habitués à entendre que le trésor le plus important du monde spirituel est la Foi. Sur ce simple mot s'appuient des siècles de religion.

Considérons-nous la Foi comme la chose la plus importante du monde ? Eh bien, nous avons totalement tort.

Dans son épître aux Corinthiens, chapitre XIII, (saint) Paul nous conduit aux premiers temps du christianisme. Et il dit à la fin : « ces trois-là demeurent, la foi, l'espérance et l'amour, mais l'amour est le plus grand ».

Il ne s'agit pas d'une opinion superficielle de (saint) Paul, auteur de ces phrases. En fin de compte, il parlait de Foi un peu plus haut, dans la même lettre. Il disait : « Quand j'aurai la foi la plus totale, celle qui transporte les montagnes, s'il me manque l'amour, je ne serai rien. »

Paul n'a pas esquivé le sujet ; au contraire, il a comparé la Foi et l'Amour. Et il a conclu :

« (…) l'amour est le plus grand. »

Matthieu nous donne une description classique du Jugement dernier : « Le Fils de l'homme […] siégera sur son trône de gloire […] et il séparera les hommes les uns des autres, comme le berger sépare les brebis des chèvres. »

À ce moment, la grande question de l'être humain ne sera pas : « Comment ai-je vécu ? »

Elle sera : « Comment ai-je aimé ? »

L'épreuve finale de toute quête du Salut sera l'Amour. Il ne sera pas tenu compte de ce que nous avons fait, de nos croyances, de nos réussites.

On ne nous fera rien payer de tout cela. On nous fera payer la manière dont nous avons aimé notre prochain.

Les erreurs que nous avons commises seront oubliées. Nous serons jugés pour le bien que nous n'avons pas fait. Car garder l'Amour enfermé en soi, c'est aller à l'encontre de l'esprit de Dieu, c'est la preuve que nous ne L'avons jamais connu, qu'Il nous a aimés en vain, que Son Fils est mort inutilement.

Dans cette histoire, notre Manuel est sauvé au moment de sa mort parce que, bien qu'il n'ait jamais donné un sens à sa vie, il a été capable d'aimer, de prendre soin de sa famille, et de faire ce qu'il faisait avec dignité. Cependant, même si la fin est heureuse, ses jours sur la Terre ont été très compliqués.

Cela reprend une phrase que j'ai entendu Shimon Peres prononcer au Forum économique de Davos : « L'optimiste comme le pessimiste finissent par mourir. Mais ils ont tous les deux profité de la vie d'une manière complètement différente. »

## Une conférence à Melbourne

Ce sera ma plus importante participation au Festival des écrivains. Il est dix heures du matin, le public a pris place. Je serai interviewé par un écrivain local, John Felton.

Je marche sur l'estrade avec l'appréhension habituelle. Felton me présente et commence à me poser des questions. Avant que je puisse terminer un raisonnement, il m'interrompt et pose une nouvelle question. Quand je réponds, il fait un commentaire du genre « Cette réponse n'était pas très claire. » Au bout de cinq minutes, on note un malaise dans le public – tout le monde comprend qu'il y a quelque chose qui ne va pas. Je me rappelle Confucius et je fais la seule chose possible :

« Vous n'aimez pas ce que j'écris ? je demande.

— Ce n'est pas le problème, répond-il. C'est moi qui vous interroge, non l'inverse.

— Si, c'est le problème. Vous ne me laissez pas conclure une idée. Confucius a dit : « Chaque fois que c'est possible, sois clair. » Nous allons suivre ce conseil et mettre les choses au clair : aimez-vous ce que j'écris ?

— Non. Je n'ai lu que deux livres, et j'ai détesté.

— O.K., alors nous pouvons continuer. »

Les camps sont maintenant définis. Le public se détend, l'atmosphère se charge d'électricité, l'interview devient un vrai débat, et tous – y compris Felton – sont satisfaits du résultat.

# Le pianiste au centre commercial

Je me promène, distrait, dans un centre commercial, accompagné d'une amie violoniste. Ursula, née en Hongrie, est actuellement en vedette dans deux orchestres philharmoniques internationaux. Brusquement, elle me prend le bras :

« Écoute ! »

J'écoute. J'entends des voix d'adultes, des cris d'enfants, des sons de téléviseurs allumés dans des magasins d'électroménager, des talons frappant contre le carrelage, et cette fameuse musique, omniprésente dans tous les centres commerciaux du monde.

« Alors, n'est-ce pas merveilleux ? »

Je réponds que je n'ai rien entendu de merveilleux ni d'inhabituel.

« Le piano ! dit-elle, me regardant d'un air déçu. Le pianiste est merveilleux !

— Ce doit être un enregistrement.

— Ne dis pas de bêtise ! »

Si l'on écoute plus attentivement, il est évident que c'est de la musique en direct. Le pianiste joue en ce moment une sonate de Chopin, et maintenant que je parviens à me concentrer, les notes semblent recouvrir tout le bruit qui nous entoure. Nous marchons dans les couloirs pleins de visiteurs, de boutiques, d'offres, de choses que, selon la publicité, tout le monde possède – sauf vous ou moi. Nous arrivons dans le coin réservé à la restauration : des gens qui mangent, conversent, discutent, lisent des journaux ; et l'une de ces attractions que tout centre commercial s'efforce d'offrir à ses clients.

Cette fois, un piano et un pianiste.

Il joue encore deux sonates de Chopin, puis Schubert, Mozart. Il doit avoir une trentaine d'années ; une plaque placée près de la petite estrade explique qu'il est un musicien célèbre en Géorgie, l'une des ex-républiques soviétiques. Il a dû chercher du travail, les portes étaient fermées, il a perdu espoir, s'est résigné, et maintenant il est là.

Mais je ne suis pas certain qu'il soit vraiment là : ses yeux fixent le monde magique où ces morceaux ont été composés ; de ses mains, il partage avec tous son amour, son âme, son enthousiasme, le meilleur de lui-même, ses années d'étude, de concentration, de discipline.

La seule chose qu'il semble n'avoir pas comprise : personne, absolument personne n'est venu là pour l'écouter ; ils sont venus acheter, manger, s'amuser, regarder les vitrines, rencontrer des amis. Un couple s'arrête à côté de nous, causant à voix haute, et s'éloigne aussitôt. Le pianiste n'a rien vu – il est encore en conversation avec les anges de Mozart. Il n'a pas vu non plus qu'il avait un public de deux personnes, et que l'une d'elles, violoniste talentueuse, l'écoutait les larmes aux yeux.

Je me souviens d'une chapelle où je suis entré un jour par hasard et où j'ai vu une jeune fille qui jouait pour Dieu ; mais j'étais dans une chapelle, cela avait un sens. Ici, personne n'écoute, peut-être pas même Dieu.

Mensonge. Dieu écoute. Dieu est dans l'âme et dans les mains de cet homme, parce qu'il donne le meilleur de lui-même, indépendamment de toute reconnaissance, ou de l'argent qu'il a reçu. Il joue comme s'il se trouvait à la Scala de Milan, ou à l'Opéra de Paris. Il joue parce que c'est son destin, sa joie, sa raison de vivre.

Je suis saisi d'une sensation de profonde révérence. De respect pour un homme qui, à ce moment, me rappelle une leçon très importante : vous avez une légende personnelle à accomplir, point final. Peu importe si les autres soutiennent, critiquent, ignorent, tolèrent – vous faites cela parce que c'est votre destin sur cette Terre, et la source de toute joie.

Le pianiste termine une autre pièce de Mozart, et pour la première fois remarque notre présence. Il nous salue d'un signe de tête poli et discret, nous de même. Mais très vite, il retourne à son paradis, et il vaut mieux le laisser là, plus rien ne le touchant dans ce monde, même pas nos timides applaudissements. Il est un exemple pour nous tous. Quand nous croirons que personne ne prête attention à ce que nous faisons, pensons à ce pianiste : il conversait avec Dieu à travers son travail, et le reste n'avait pas la moindre importance.

# En route vers la Foire du livre de Chicago

J'allais de New York à Chicago, pour me rendre à la Foire du livre de l'*American Booksellers Association*. Soudain, un garçon s'est levé dans le couloir de l'avion :

« J'ai besoin de douze volontaires, a-t-il dit. Chacun portera une rose quand nous atterrirons. »

Plusieurs personnes ont levé la main. Je l'ai levée moi aussi, mais je n'ai pas été choisi.

Cependant, j'ai décidé d'accompagner le groupe. Nous sommes descendus, le garçon a indiqué une jeune fille dans la salle d'attente de l'aéroport d'O'Hare. Un à un, les passagers sont allés lui offrir leur rose. À la fin, le garçon l'a demandée en mariage devant tout le monde – et elle a accepté.

Un commissaire de bord m'a déclaré :

« Depuis que je travaille dans cet aéroport, c'est la chose la plus romantique qui soit arrivée. »

# Des bâtons et des règles

À l'automne 2003, me promenant une nuit dans le centre de Stockholm, j'ai vu une femme qui marchait avec des bâtons de ski. Ma première réaction a été d'attribuer cela à une lésion qu'elle aurait subie, mais j'ai noté qu'elle marchait vite, avec des mouvements rythmés, comme si elle se trouvait en pleine neige – seulement il n'y avait autour de nous que l'asphalte des rues. La conclusion était évidente : « Cette femme est folle, comment peut-elle faire semblant d'être en train de skier dans une ville ? »

De retour à l'hôtel, j'ai raconté l'histoire à mon éditeur. Il m'a dit que le fou, c'était moi : ce que j'avais vu était une sorte d'exercice connu sous le nom de « marche nordique » (*nordic walking*). D'après lui, outre les mouvements des jambes, on utilise les bras, les épaules, les muscles du dos, ce qui permet un exercice beaucoup plus complet.

Mon intention lorsque je marche (ce qui est, avec le tir à l'arc, mon passe-temps favori), c'est de pouvoir réfléchir, penser, regarder les merveilles qui m'entourent, parler avec ma femme pendant nos promenades. J'ai trouvé intéressant le commentaire de mon éditeur, mais je n'ai pas prêté plus d'attention à l'affaire.

Un jour, me trouvant dans un magasin de sport pour acheter du matériel pour les flèches, j'ai remarqué de nouveaux bâtons utilisés par les amateurs de montagne – légers, en aluminium, ils s'ouvrent ou se ferment, à l'aide d'un système télescopique semblable au trépied d'un appareil photographique. Je me suis rappelé cette « marche nordique » : pourquoi ne pas essayer ? J'en ai acheté deux paires, pour moi et pour ma femme. Nous avons réglé les bâtons à une hauteur confortable, et le lendemain nous avons décidé de nous en servir.

Ce fut une découverte fantastique ! Nous gravissions une montagne et nous descendions, sentant que vraiment tout notre corps était en mouvement, mieux équilibré et se fatiguant moins. Nous avons parcouru le double de la distance que nous couvrions d'habitude en une heure. Je me suis souvenu qu'un jour j'avais essayé d'explorer un ruisseau à sec, mais les pierres de son lit me causaient de telles difficultés que j'avais renoncé. J'ai pensé qu'avec les bâtons ç'aurait été beaucoup plus facile ; et c'était vrai.

Ma femme est allée voir sur Internet et elle a découvert que cette activité permettait de brûler 46 % de calories de plus qu'une marche normale. Elle a été enthousiasmée, et la « marche nordique » a désormais fait partie de notre quotidien.

Un après-midi, pour me distraire, j'ai décidé moi aussi d'aller voir sur Internet ce qu'il y avait sur le sujet. C'était effrayant : des pages et encore des pages, des fédérations, des groupes, des discussions, des modèles, et… des règles.

Je ne sais pas ce qui m'a poussé à ouvrir une page sur les règles. À mesure que je lisais, j'étais horrifié : je faisais tout de travers ! Mes bâtons devaient être réglés plus haut, ils devaient obéir à un rythme déterminé, à un angle d'appui déterminé, le mouvement de l'épaule était compliqué, il existait une manière différente d'utiliser le coude, ce n'étaient que principes rigides, techniques, précis.

J'ai imprimé toutes les pages. Le lendemain – et les jours suivants – j'ai tenté de faire exactement ce que les spécialistes ordonnaient. La marche a commencé à perdre son intérêt, je ne voyais plus les merveilles autour de moi, je parlais peu avec ma femme, je ne parvenais à penser à rien d'autre qu'aux règles. Au bout d'une semaine, je me suis posé une question : pourquoi est-ce que j'apprends tout cela ?

Mon objectif n'est pas de faire de la gymnastique. Je ne crois pas que les personnes qui faisaient leur « marche nordique » au début aient pensé à autre chose qu'au plaisir de marcher, d'améliorer leur équilibre et de bouger tout leur corps. Intuitivement nous savions quelle était la hauteur idéale des bâtons, de même qu'intuitivement nous pouvions déduire que plus ils étaient près du corps, meilleur et plus facile était le mouvement. Mais maintenant, à cause des règles, j'avais cessé de me concentrer sur les choses que j'aime, et j'étais plus préoccupé de perdre des calories, de bouger mes muscles, d'utiliser une certaine partie de ma colonne vertébrale.

J'ai décidé d'oublier tout ce que j'avais appris. À présent nous marchons avec nos deux bâtons, profitant du monde qui nous entoure, sentant la joie de voir notre corps sollicité, déplacé, équilibré. Et si je veux faire de la gymnastique plutôt qu'une « méditation en mouvement », je chercherai une école. Pour le moment, je suis satisfait de ma « marche nordique » détendue, instinctive, même si je ne perds peut-être pas 46 % de calories en plus.

Je ne sais pas pourquoi l'être humain a cette manie de mettre des règles en tout.

## Le pain qui est tombé du mauvais côté

Nous avons tendance à toujours croire à la fameuse « loi de Murphy » : tout ce que nous faisons tend toujours à aller dans le mauvais sens. Jean-Claude Carrière raconte à ce sujet une histoire intéressante.

Un homme prenait tranquillement son petit déjeuner. Soudain, le pain qu'il venait de beurrer tomba à terre.

Quelle ne fut pas sa surprise quand, baissant les yeux, il vit que la partie qu'il avait beurrée était tournée vers le dessus ! L'homme pensa qu'il avait assisté à un miracle. Tout excité, il alla raconter à ses amis ce qui s'était passé ; tous furent surpris, car quand le pain tombe sur le sol, la partie beurrée est toujours en dessous, salissant tout.

« Tu es peut-être un saint, dit l'un. Et tu reçois un signe de Dieu. »

L'histoire fit bientôt le tour du petit village, et tout le monde se mit à discuter avec entrain de l'événement : comment, contrairement à tout ce qui se disait, le pain de cet homme était-il tombé à terre de cette manière ? Comme personne ne trouvait de réponse adéquate, ils allèrent voir un Maître qui résidait dans les environs et lui racontèrent l'histoire.

Le Maître demanda une nuit pour prier, réfléchir, chercher l'inspiration divine. Le lendemain, tous retournèrent le voir, anxieux de sa réponse.

« La solution est très simple, dit le maître. En réalité, le pain est tombé sur le sol exactement comme il devait tomber ; c'est le beurre qui avait été étalé du mauvais côté. »

## Des livres et des bibliothèques

En réalité, je n'ai pas beaucoup de livres : il y a quelques années, j'ai fait certains choix dans la vie, guidé par l'idée de rechercher un maximum de qualité avec le minimum de choses. Je ne veux pas dire que j'ai opté pour une vie monastique – bien au contraire, quand nous ne sommes pas obligés de posséder une infinité d'objets, nous avons une liberté immense. Certains de mes amis (et amies) se plaignent de perdre des heures de leur vie à tenter de choisir ce qu'ils vont porter parce qu'ils ont trop de vêtements. Comme ma garde-robe se résume à un « noir basique », je n'ai pas besoin d'affronter ce problème.

Cependant je ne suis pas ici pour parler de mode, mais de livres. Pour revenir à l'essentiel, j'ai décidé de ne conserver que quatre cents livres dans ma bibliothèque, certains pour des raisons sentimentales, d'autres parce que je les relis toujours. Cette décision a été prise pour des motifs divers, l'un étant la tristesse de voir comment des bibliothèques accumulées soigneusement au cours d'une vie étaient ensuite vendues au poids sans aucun respect. Autre raison : pourquoi garder tous ces volumes à la maison ? Pour montrer à mes amis que je suis cultivé ? Pour orner le mur ? Les livres que j'ai achetés seront infiniment plus utiles dans une bibliothèque publique que chez moi.

Autrefois, j'aurais pu dire : j'en ai besoin parce que je vais les consulter. Mais aujourd'hui, quand une information m'est nécessaire, j'allume l'ordinateur, je tape un mot-clé, et devant moi apparaît tout ce dont j'ai besoin. Il y a là Internet, la plus grande bibliothèque de la planète.

Bien entendu je continue à acheter des livres – il n'existe pas de moyen électronique qui puisse les remplacer. Mais dès que j'en ai terminé un, je le laisse voyager, je le donne à quelqu'un, ou je le remets à une bibliothèque publique. Mon intention n'est pas de sauver des forêts ou d'être généreux : je crois seulement qu'un livre a un parcours propre et ne peut être condamné à rester immobile sur une étagère.

Étant écrivain et vivant de droits d'auteur, peut-être suis-je en train de plaider contre ma propre cause – finalement, plus on achètera de livres, plus je gagnerai d'argent. Mais ce serait injuste envers le lecteur, surtout dans des pays où une grande partie des programmes gouvernementaux d'achats pour les bibliothèques ne tient pas compte du critère fondamental d'un choix sérieux : le plaisir de la lecture et la qualité du texte.

Laissons donc nos livres voyager, d'autres mains les toucher et d'autres yeux en jouir. Au moment où j'écris ce texte, je me souviens vaguement d'un poème de Jorge Luis Borges qui parle des livres qui ne seront plus jamais ouverts.

Où suis-je maintenant ? Dans une petite ville des Pyrénées, en France, assis dans un café, profitant de l'air conditionné car dehors la température est insupportable. Le hasard fait que j'ai la collection complète de Borges chez moi, à quelques kilomètres du lieu où j'écris – c'est un écrivain que je relis constamment. Mais pourquoi ne pas faire le test ?

Je traverse la rue. Je marche cinq minutes jusqu'à un autre café, équipé d'ordinateurs (ce type d'établissement connu sous le nom sympathique et contradictoire de cybercafé). Je salue le patron, je commande une eau minérale bien glacée, j'ouvre la page d'un moteur de recherche, et je tape quelques mots du seul vers dont je me souvienne, avec le nom de l'auteur. Moins de deux minutes plus tard, j'ai devant moi le poème complet :

*Il y a un vers de Verlaine dont je ne me souviendrai plus jamais.*
*Il y a un miroir qui m'a vu pour la dernière fois.*
*Il y a une porte fermée jusqu'à la fin des temps.*
*Parmi les livres de ma bibliothèque*
*Il y en a un que je n'ouvrirai plus.*

En réalité, j'ai l'impression qu'il y a beaucoup de livres que j'ai donnés que je n'aurais plus jamais ouverts – on publie sans cesse des ouvrages nouveaux, intéressants, et j'adore lire. Je trouve formidable que les gens aient des bibliothèques ; en général le premier contact que les enfants ont avec les livres naît de leur curiosité pour quelques volumes reliés, avec des personnages et des lettres. Mais je trouve cela formidable aussi de rencontrer, dans une soirée de signatures, des lecteurs tenant des exemplaires très usés qui ont été prêtés des dizaines de fois : cela signifie que ce livre a voyagé comme l'esprit de son auteur voyageait tandis qu'il l'écrivait.

## Prague, 1981

Un jour, au cours de l'hiver de 1981, je me promenais avec ma femme dans les rues de Prague, quand nous avons vu un garçon qui dessinait les immeubles qui l'entouraient.

Bien que j'aie véritablement horreur d'emporter des choses quand je voyage (et il y avait encore un long voyage devant nous), l'un des dessins m'a plu et j'ai décidé de l'acheter.

Quand j'ai tendu l'argent au garçon, j'ai constaté qu'il ne portait pas de gants, malgré le froid de − 5 °C.

« Pourquoi ne portez-vous pas de gants ? ai-je demandé.

— Pour pouvoir tenir le crayon. »

Et il a commencé à me raconter qu'il adorait Prague en hiver, que c'était la meilleure saison pour dessiner la ville. Il était tellement content d'avoir vendu son dessin qu'il a décidé de faire un portrait de ma femme, gratuitement.

Tandis que j'attendais que le portrait fût prêt, je me suis rendu compte qu'il s'était passé quelque chose de très étrange : nous avions parlé presque cinq minutes, aucun de nous deux ne parlant la langue de l'autre. Nous nous étions compris simplement par des gestes, des rires, des expressions du visage, et l'envie de partager quelque chose.

La simple envie de partager quelque chose nous avait fait entrer dans le monde du langage sans paroles, où tout est toujours clair, et où il n'y a pas le moindre risque d'être mal interprété.

## Pour une femme qui est toutes les femmes

Une semaine après la fin de la Foire du livre de Francfort, en 2003, je reçois un appel téléphonique de mon éditeur en Norvège : les organisateurs du concert qui aura lieu pour le prix Nobel de la paix, l'Iranienne Shirine Ebadi, souhaitent que j'écrive un texte pour l'événement.

C'est un honneur que je ne dois pas refuser, car Shirine Ebadi est un mythe : une femme qui mesure 1,50 mètre, mais qui a une stature suffisante pour faire entendre sa voix aux quatre coins du monde quand elle défend les droits de l'homme. En même temps, c'est une responsabilité que j'appréhende un peu – l'événement sera retransmis dans cent dix pays, et je ne disposerai que de deux minutes pour parler de quelqu'un qui a consacré toute sa vie à son prochain. Je marche dans les forêts près du moulin où je vis quand je suis en Europe, je pense plusieurs fois téléphoner pour dire que je suis sans inspiration. Mais le plus intéressant dans la vie, ce sont les défis auxquels nous sommes confrontés, et finalement j'accepte l'invitation.

Je pars pour Oslo le 9 décembre, et le lendemain – une belle journée de soleil – je suis dans la salle où se déroule la cérémonie de remise du prix. Les larges fenêtres de l'hôtel de ville permettent de voir le port où vingt et un ans plus tôt, plus ou moins à la même époque, j'étais assis avec ma femme, regardant la mer gelée, mangeant des crevettes qui venaient d'être débarquées par les bateaux de pêche. Je pense au long parcours qui m'a conduit de ce port à cette salle, mais mes souvenirs sont interrompus par les trompettes qui retentissent, l'entrée de la reine et de la famille royale. Le comité d'organisation remet le prix, Shirine Ebadi prononce un véhément discours dénonçant le recours à la terreur comme une justification pour la création d'un État policier dans le monde.

Le soir, au concert en hommage à la lauréate, Catherine Zeta Jones annonce mon texte. À ce moment, j'appuie sur un bouton de mon portable, le téléphone sonne dans le vieux moulin (tout était arrangé à l'avance), et ma femme se trouve là avec moi, écoutant la voix de Michael Douglas qui lit mes propos.

Voici le texte que j'ai écrit – dont je pense qu'il s'applique à tous ceux qui luttent pour un monde meilleur :

*Le poète Rûmî a dit : « La vie c'est comme si un roi envoyait une personne dans un pays pour réaliser une mission déterminée. Elle s'y rend et fait une centaine de choses – mais si elle n'a pas fait ce qui lui a été demandé, c'est comme si elle n'avait absolument rien fait. »*

*Pour la femme qui a compris sa mission.*

*Pour la femme*

*qui a regardé la route devant ses yeux, et compris que sa longue course serait très difficile.*

*Pour la femme*

*qui n'a pas cherché à minimiser ces difficultés : au contraire, elle les a dénoncées et a fait en sorte qu'elles soient visibles.*

*Pour la femme*

*qui a rendu moins solitaires ceux qui sont seuls, qui a nourri ceux qui avaient faim et soif de justice, qui a fait que l'oppresseur se sente aussi mal que l'opprimé.*

*Pour la femme*

*qui garde toujours ses portes ouvertes, ses mains au travail, ses pieds en mouvement.*

*Pour la femme qui personnifie les vers d'un autre poète persan, Hâfiz, quand il dit : « Même sept mille ans de joie ne peuvent justifier sept jours de répression. »*

*Pour la femme qui est ici ce soir :*

*qu'elle soit chacun de nous,*

*que son exemple se multiplie*

*qu'elle ait encore devant elle beaucoup de jours difficiles, afin qu'elle puisse achever son travail. Ainsi, les prochaines générations ne trouveront plus la signification d'injustice que dans les définitions des dictionnaires, et jamais dans la vie d'êtres humains.*

*Que sa course soit lente,*

*car son rythme est le rythme du changement.*

*Et le changement, le vrai changement, est toujours très long à s'accomplir.*

## Quelqu'un arrive du Maroc

Quelqu'un arrive du Maroc et me raconte une curieuse histoire sur la façon dont certaines tribus du désert voient le péché originel.

Ève se promenait dans le jardin d'Éden, quand le serpent s'approcha.

« Mange cette pomme », dit le serpent.

Ève, très bien instruite par Dieu, refusa.

« Mange cette pomme, insista le serpent, tu dois te faire plus belle pour ton homme.

— Ce n'est pas la peine, répondit Ève. Il n'a pas d'autre femme que moi. »

Le serpent rit :

« Mais si, bien sûr. »

Et comme Ève ne le croyait pas, il l'emmena jusqu'en haut d'une colline, où se trouvait un puits.

« Elle est dans cette caverne. Adam l'y a cachée. »

Ève se pencha et vit, reflétée dans l'eau du puits, une belle femme. Sur-le-champ, elle mangea la pomme que le serpent lui offrait.

Selon la même tribu marocaine, celui qui se reconnaît dans le reflet du puits et n'a plus peur de lui-même retourne au Paradis.

# Mes funérailles

Le journaliste du *Mail on Sunday* se présente à l'hôtel à Londres, avec une simple question : si je mourais aujourd'hui, comment se passeraient mes funérailles ?

En réalité, l'idée de la mort m'accompagne tous les jours depuis que, en 1986, j'ai fait le chemin de Saint-Jacques. Jusque-là, l'idée que tout puisse finir un jour m'effrayait – mais dans une étape du pèlerinage, j'ai fait un exercice qui consistait à expérimenter la sensation d'être enterré vivant. L'exercice a été si intense que j'en ai perdu totalement la peur et que je me suis mis à envisager la mort comme une grande compagne de voyage, qui est toujours assise à côté de moi, disant : « Je te frapperai, et tu ne sais pas quand, alors ne manque pas de vivre le plus intensément possible. »

Ainsi, je ne remets jamais à demain ce que je peux vivre aujourd'hui – cela comporte les joies, les obligations envers mon travail, les demandes de pardon quand je sens que j'ai blessé quelqu'un, la contemplation du moment présent comme s'il était le dernier. Je me rappelle que j'ai senti plusieurs fois le parfum de la mort. Le jour lointain de 1974, sur le remblai de Flamengo (à Rio de Janeiro), où le taxi dans lequel je me trouvais a été bloqué par une autre voiture, et qu'un groupe de paramilitaires ont bondi les armes à la main et m'ont mis un capuchon sur la tête ; même s'ils m'assuraient qu'il ne m'arriverait rien, j'ai eu la certitude que j'allais être un disparu de plus du régime militaire.

Ou quand, en août 1989, je me suis perdu au cours d'une escalade dans les Pyrénées : j'ai regardé les pics sans neige et sans végétation, j'ai pensé que je n'aurais plus de forces pour retourner, et j'ai conclu que l'on retrouverait mon corps seulement au printemps suivant. Finalement, après des heures d'errance, j'ai découvert un sentier qui m'a conduit jusqu'à un village perdu.

Le journaliste du *Mail on Sunday* insiste : mais comment se passeraient mes funérailles ? Eh bien, d'après le testament que j'ai fait, il n'y aura pas de funérailles : j'ai décidé que je serais incinéré, et ma femme répandra mes cendres dans un endroit appelé le Cebreiro, en Espagne – où j'ai trouvé mon épée. Mes manuscrits inédits ne pourront pas être publiés (je suis effrayé par le nombre d'« œuvres posthumes » ou de « malles de textes » que des héritiers d'artistes, sans aucun scrupule, décident de publier pour gagner un peu d'argent ; si les auteurs ne l'ont pas fait de leur vivant, pourquoi ne pas respecter cette intimité ?). L'épée que j'ai trouvée sur le chemin de Saint-Jacques sera jetée à la mer et retournera d'où elle vient. Et mon argent ainsi que les droits d'auteur qui continueront d'être perçus durant les cinquante prochaines années seront entièrement destinés à la fondation que j'ai créée.

« Et votre épitaphe ? » insiste le journaliste. Certes, si je suis incinéré, je n'aurai pas cette fameuse pierre avec une inscription, vu que mes cendres seront emportées par le vent. Mais si je devais choisir une phrase, je demanderais qu'il y soit gravé : « Il est mort tandis qu'il était en vie. » Cela peut paraître un contresens, mais je connais beaucoup de gens qui ont déjà cessé de vivre, même s'ils continuent à travailler, à manger et à mener leurs activités sociales habituelles. Ils font tout comme des automates, sans comprendre le moment magique que chaque jour porte en lui, sans s'arrêter pour penser au miracle de la vie, sans comprendre que la minute suivante peut être leur dernier moment sur la face de cette planète.

Le journaliste prend congé, je m'assieds devant l'ordinateur et je décide d'écrire ce texte. Je sais que personne n'aime penser à ce thème, mais j'ai un devoir envers mes lecteurs : les faire réfléchir sur les choses importantes de l'existence. Et la mort est peut-être la plus importante : nous marchons dans sa direction, nous ne savons jamais quand elle va nous frapper, donc nous avons le devoir de regarder autour de nous, de la remercier pour chaque minute, mais de la remercier aussi parce qu'elle nous fait réfléchir à l'importance de chaque attitude que nous prenons ou ne prenons pas.

Et dès lors, nous devons renoncer à ce qui fait de nous des « morts vivants » et tout parier, tout risquer, pour les choses que nous avons toujours rêvé d'accomplir.

Que nous le voulions ou non, l'ange de la mort nous attend.

# Restaurer la toile

À New York, je vais prendre le thé en fin d'après-midi avec une artiste hors du commun. Elle travaille dans une banque à Wall Street, mais un jour elle a fait un rêve : elle devait se rendre dans douze endroits du monde, et dans chacun de ces lieux, faire un ouvrage de peinture et de sculpture à même la nature.

Jusqu'à présent, elle a réussi à réaliser quatre de ces ouvrages. Elle me montre les photos de l'un d'eux : un Indien sculpté dans une caverne en Californie. Tandis qu'elle attend les signes à travers ses rêves, elle continue à travailler à la banque – elle trouve ainsi de l'argent pour voyager et poursuivre sa tâche.

Je lui demande pourquoi elle fait cela.

« Pour maintenir le monde en équilibre, répond-elle. Cela peut paraître une sottise, mais il existe une chose ténue, qui nous unit tous, et que nous pouvons améliorer ou abîmer à mesure que nous agissons. Nous pouvons sauver ou détruire beaucoup de choses d'un simple geste qui parfois semble absolument inutile.

« Il se peut même que mes rêves soient des sottises, mais je ne veux pas courir le risque de ne pas les suivre : pour moi, les relations entre les hommes ressemblent à une immense et fragile toile d'araignée. Par mon travail, je tente de raccommoder une partie de cette toile. »

## Après tout, ce sont mes amis

« Ce roi est puissant parce qu'il a fait un pacte avec le démon », disait une dévote dans la rue. Le garçon fut intrigué.

Quelque temps plus tard, tandis qu'il se rendait dans une autre ville, le garçon entendit un homme à côté de lui commenter :

« Toutes les terres appartiennent au même propriétaire. C'est diabolique ! »

À la fin d'un après-midi d'été, une belle femme passa près du garçon.

« Cette fille est au service de Satan ! » s'écria un prêcheur, indigné.

Alors, le garçon décida d'aller trouver le démon.

« On prétend que vous rendez les gens puissants, riches et beaux », déclara-t-il, dès qu'il l'eut rencontré.

« Pas tout à fait, répondit le démon. Tu n'as écouté que l'opinion de ceux qui veulent me faire de la publicité. »

# Comment avons-nous survécu ?

Je reçois par la poste trois litres de produits qui remplacent le lait ; une société norvégienne veut savoir si cela m'intéresse d'investir dans la production de ce nouveau type d'aliment, vu que, de l'avis du spécialiste David Rietz, « TOUT (les majuscules sont de lui) lait de vache contient cinquante-neuf hormones actives, beaucoup de graisse, du cholestérol, des dioxines, des bactéries et des virus ».

Je pense au calcium dont ma mère, quand j'étais petit, me disait qu'il était bon pour les os, mais le spécialiste est allé plus vite que moi : « Le calcium ? Comment est-ce que les vaches peuvent acquérir assez de calcium pour leur volumineuse structure osseuse ? Par les plantes ! » Bien sûr, le nouveau produit est fait à base de plantes, et le lait est condamné dans d'innombrables études faites dans les instituts les plus divers répandus dans le monde.

Et les protéines ? David Rietz est implacable : « Je sais que l'on appelle le lait viande liquide [*je n'ai jamais entendu cette expression, mais il doit savoir ce qu'il dit*] à cause de la haute dose de protéines qu'il contient. Mais ce sont les protéines qui font que le calcium ne peut être absorbé par l'organisme. Les pays qui ont un régime riche en protéines ont également un indice élevé d'ostéoporose (absence de calcium dans les os). »

Le même après-midi, je reçois de ma femme un texte trouvé sur Internet :

« Les personnes qui ont aujourd'hui entre quarante et soixante ans montaient dans des voitures qui n'avaient pas de ceinture de sécurité, d'appui-tête ou d'airbag. Les enfants étaient en liberté sur le siège arrière, chahutant et s'amusant à faire des bonds.

« Les berceaux étaient peints avec des peintures "douteuses", puisqu'elles pouvaient contenir du plomb ou un autre élément dangereux. »

Moi par exemple, je fais partie d'une génération qui pratiquait les fameux *carrinhos de rolimão* (je ne sais pas comment expliquer cela à la génération actuelle – disons que c'était des boules de métal attachées entre deux cercles de fer) et nous descendions les pentes de Botafogo, en freinant avec nos chaussures, tombant, nous blessant, mais fiers de cette aventure à grande vitesse.

Le texte continue :

« Il n'y avait pas de téléphone mobile, nos parents n'avaient aucun moyen de savoir où nous étions : comment était-ce possible ? Les enfants n'avaient jamais raison, ils étaient toujours punis, et ils n'avaient pas pour autant des problèmes psychologiques de rejet ou de manque d'amour. À l'école, il y avait les bons et les mauvais élèves : les premiers passaient à l'étape suivante, les autres étaient recalés. On n'allait pas chercher un psychothérapeute pour étudier leur cas, on exigeait simplement qu'ils redoublent. »

Et pourtant nous avons survécu avec des genoux écorchés et quelques traumatismes. Non seulement nous avons survécu, mais nous nous rappelons, avec nostalgie, le temps où le lait n'était pas un poison, où l'enfant devait résoudre ses problèmes sans aide, se battre quand c'était nécessaire, et passer une grande partie de la journée sans jeux électroniques, à inventer des jeux avec ses amis.

Mais revenons à notre thème initial : j'ai décidé d'expérimenter le nouveau et miraculeux produit qui remplacera le lait assassin.

Je n'ai pas pu aller au-delà de la première gorgée.

J'ai demandé à ma femme et à ma bonne d'essayer, sans leur expliquer ce que c'était : elles m'ont dit toutes les deux qu'elles n'avaient jamais rien goûté d'aussi mauvais de leur vie.

Je suis préoccupé pour les enfants de demain, avec leurs jeux électroniques, leurs parents et leurs mobiles, les psychothérapeutes qui les aident à chaque défaite, et – surtout – l'obligation de boire cette « potion magique » qui les protégera du cholestérol, de l'ostéoporose, des cinquante-neuf hormones actives, des toxines.

Ils vivront en excellente santé, très équilibrés, et, quand ils seront grands, ils découvriront le lait (à ce moment-là, peut-être une boisson hors la loi). Peut-être en 2050 un scientifique se chargera-t-il de racheter un produit qui est consommé depuis le commencement des temps.

Ou bien obtiendra-t-on seulement le lait grâce à des trafiquants de drogues ?

# Rendez-vous avec la mort

J'aurais peut-être dû mourir à 22 h 30 le 22 août 2004, moins de quarante-huit heures avant mon anniversaire. Pour que soit possible le montage du scénario de ma quasi-mort, une série de facteurs sont entrés en action :

A) L'acteur Will Smith, dans les interviews pour la promotion de son nouveau film, parlait toujours de mon livre *L'Alchimiste*.

B) Le film était basé sur un livre que j'avais lu des années plus tôt et beaucoup aimé : *Moi, Robot*, d'Isaac Asimov. J'ai décidé que j'irais voir ce film, en hommage à Smith et Asimov.

C) Le film passait dans une petite ville du sud-ouest de la France dès la première semaine d'août, mais une série de choses sans importance m'a empêché de me rendre au cinéma – jusqu'à ce dimanche.

J'ai dîné tôt, partagé une demi-bouteille de vin avec ma femme, invité ma bonne à venir avec nous (elle a résisté, mais a finalement accepté), nous sommes arrivés à temps, nous avons acheté du pop-corn, nous avons vu le film et l'avons aimé.

J'ai pris la voiture pour un trajet de dix minutes jusqu'à mon vieux moulin transformé en maison.

J'ai mis un disque de musique brésilienne et j'ai décidé d'aller assez lentement pour que, pendant ces dix minutes, nous puissions entendre au moins trois chansons.

Sur la route à deux voies, traversant des villages endormis, je vois – surgissant du néant – deux phares dans mon rétroviseur extérieur. Devant nous, un croisement, dûment signalé par des poteaux.

Je tente d'appuyer sur le frein, sachant que cette voiture ne parviendra pas à ses fins, les poteaux interdisant totalement toute possibilité de dépassement. Tout cela dure une fraction de seconde – je me souviens que j'ai pensé « ce type est fou ! » –, mais je n'ai pas eu le temps de faire de commentaire. Le chauffeur de la voiture (l'image qui est restée gravée dans ma mémoire est une Mercedes, mais je n'en suis pas certain) voit les poteaux, accélère, me fait une queue de poisson et, alors qu'il essaie de corriger sa direction, se retrouve en travers de la route.

Dès lors, tout paraît se dérouler au ralenti : il fait un premier, un deuxième, un troisième tonneau sur le côté. Ensuite, la voiture est jetée sur le bas-côté et continue ses tonneaux – faisant cette fois de grands sauts, les pare-chocs avant et arrière frappant le sol.

Mes phares éclairent tout, et je ne peux pas freiner brusquement – j'accompagne la voiture qui fait des culbutes à côté de moi. Cela ressemble à une scène du film que je viens de voir – sauf que, mon Dieu, tout à l'heure c'était une fiction, et maintenant c'est la vie réelle !

La voiture regagne la route et s'arrête enfin, renversée sur le flanc gauche. Je peux voir la chemise du chauffeur. Je me gare à côté de lui, et une seule idée me passe par la tête : je dois sortir, l'aider. À ce moment-là, je sens les ongles de ma femme se planter profondément dans mon bras : elle me supplie, pour l'amour de Dieu, de continuer, de me garer plus loin, la voiture accidentée risque d'exploser, de prendre feu.

Je fais cent mètres de plus, et je me gare. Le disque de musique brésilienne continue de passer, comme si rien n'était arrivé. Tout semble surréel, très lointain. Ma femme et Isabelle, ma bonne, se précipitent vers le lieu de l'accident. Une autre voiture, venant en sens inverse, freine. Une femme en bondit, nerveuse : ses phares ont aussi éclairé cette scène dantesque. Elle me demande si j'ai un téléphone mobile, je dis oui. « Alors appelez les secours ! »

Quel est le numéro des secours ? Elle me regarde : « Tout le monde le sait ! 112 ! » Le portable est éteint – avant le film, on nous rappelle toujours que nous devons le faire. J'entre le code d'accès, nous téléphonons aux secours – 112. Je sais exactement où l'événement s'est produit : entre les villages de Laloubère et Horgues.

Ma femme et la bonne reviennent : le garçon a des égratignures, mais apparemment rien de grave. Après tout ce que j'ai vu, après six tonneaux, rien de grave ! Il est sorti de la voiture à moitié abasourdi, d'autres automobilistes se sont arrêtés, les pompiers arrivent dans cinq minutes, tout va bien.

Tout va bien. À une fraction de seconde près, il m'aurait rattrapé, m'aurait jeté dans le fossé, tout irait très mal pour l'un et pour l'autre. Très très mal.

De retour chez moi, je regarde les étoiles. Parfois certaines choses se trouvent sur notre chemin, mais parce que notre heure n'est pas arrivée, elles nous effleurent en passant, sans nous toucher – bien qu'elles soient suffisamment claires pour que nous puissions les voir. Je remercie Dieu de m'avoir donné la conscience de comprendre que, comme le dit l'un de mes amis, ce qui devait arriver est arrivé, et rien n'est arrivé.

## Le moment de l'aurore

Pendant le Forum économique de Davos, Shimon Peres, prix Nobel de la paix, a raconté l'histoire qui suit.

Un rabbin réunit ses élèves et demanda :

« Comment savons-nous le moment précis où la nuit s'achève et où le jour commence ?

— Quand, de loin, nous pouvons distinguer une brebis d'un chien, dit un jeune garçon.

— En réalité, dit un autre élève, nous savons qu'il fait jour quand nous pouvons distinguer, de loin, un olivier d'un figuier.

— Ce n'est pas une bonne définition.

— Quelle est la réponse, alors ? » demandèrent les gamins.

Et le rabbin dit :

« Quand un étranger s'approche, nous le confondons avec notre frère, et les conflits disparaissent – voilà le moment où la nuit prend fin et où le jour commence. »

# Un jour quelconque de janvier 2005

Aujourd'hui il pleut beaucoup, et la température est proche de 3 °C. J'ai décidé de marcher – je pense que si je ne marche pas tous les jours, je ne travaille pas bien – mais le vent est fort aussi, et je suis retourné à la voiture au bout de dix minutes. J'ai pris le journal dans la boîte aux lettres, rien d'important – excepté les choses dont les journalistes ont décidé que nous devions les connaître, les suivre, prendre position à leur sujet.

Je vais lire sur l'ordinateur les messages électroniques.

Rien de nouveau, quelques décisions à prendre, mais tout est rapidement résolu.

J'essaie un peu l'arc et la flèche, mais le vent continue de souffler, c'est impossible. J'ai déjà écrit mon livre bisannuel, *Le Zahir*, et il reste encore quelques semaines avant sa publication. J'ai rédigé les colonnes que je publie sur Internet. J'ai fait mon bulletin sur ma page Web. Je me suis fait faire un check-up de l'estomac, heureusement on n'a détecté aucune anomalie (on m'avait inquiété avec cette histoire de tube qui entre par la bouche, mais ce n'est rien de terrible). Je suis allé chez le dentiste. Les billets pour le prochain voyage en avion, qui tardaient, sont arrivés par courrier exprès. Il y a des choses que je dois faire demain, et des choses que j'ai fini de faire hier, mais aujourd'hui…

Aujourd'hui je n'ai absolument rien sur quoi concentrer mon attention.

Je suis effrayé : ne devrais-je pas faire quelque chose ? Bon, si je veux m'inventer du travail, ce n'est pas difficile – on a toujours des projets à développer, des lampes à remplacer, des feuilles mortes à balayer, le rangement des livres, l'organisation des archives de l'ordinateur, etc. Mais pourquoi ne pas envisager le vide total ?

Je mets un bonnet, un vêtement chaud, un manteau imperméable – ainsi, je parviendrai à résister au froid les quatre ou cinq heures à venir – et je sors dans le jardin. Je m'assieds sur l'herbe mouillée, et je commence à faire mentalement la liste de ce qui me passe par la tête :

A) Je suis inutile. Tout le monde en ce moment est occupé, travaillant dur.

Réponse : moi aussi je travaille dur, parfois douze heures par jour. Aujourd'hui, par hasard, je n'ai rien à faire.

B) Je n'ai pas d'amis. Moi qui suis l'un des écrivains les plus célèbres du monde, je suis seul ici, et le téléphone ne sonne pas.

Réponse : bien sûr, j'ai des amis. Mais ils savent respecter mon besoin d'isolement quand je suis dans mon vieux moulin à Saint-Martin, en France.

C) Je dois sortir pour acheter de la colle.

Oui, je viens de me rappeler qu'hier il manquait de la colle, pourquoi ne pas prendre la voiture et aller jusqu'à la ville la plus proche ? Et sur cette pensée, je m'arrête. Pourquoi est-il si difficile de rester comme je suis maintenant, à ne rien faire ?

Une série de pensées me traverse l'esprit. Des amis qui s'inquiètent pour des choses qui ne sont pas encore arrivées, des connaissances qui savent remplir chaque minute de leur vie avec des tâches qui me paraissent absurdes, des conversations qui n'ont pas de sens, de longs coups de téléphone pour ne rien dire d'important. Des chefs qui inventent du travail pour justifier leur fonction, des fonctionnaires qui ont peur parce qu'on ne leur a rien donné d'important à faire ce jour-là et que cela peut signifier qu'ils ne sont déjà plus utiles, des mères qui se torturent parce que les enfants sont sortis, des étudiants qui se torturent pour leurs études, leurs épreuves, leurs examens.

Je mène un long et difficile combat contre moi-même pour ne pas me lever et aller jusqu'à la papeterie acheter la colle qui manque. L'angoisse est immense, mais je suis décidé à rester ici, sans rien faire, au moins quelques heures. Peu à peu, l'anxiété cède la place à la contemplation, et je commence à écouter mon âme. Elle avait une envie folle de causer avec moi, mais je suis tout le temps occupé.

Le vent continue de souffler très fort, je sais qu'il fait froid, qu'il pleut, et que demain je devrai peut-être acheter de la colle. Je ne fais rien, et je fais la chose la plus importante dans la vie d'un homme : j'écoute ce que j'avais besoin d'entendre de moi-même.

# Un homme allongé sur le sol

Le 1<sup>er</sup> juillet 1997, à 13 heures 5 minutes, il y avait un homme d'une cinquantaine d'années allongé sur le large trottoir de Copacabana. Je suis passé près de lui, j'ai jeté un coup d'œil rapide et j'ai poursuivi mon chemin vers une buvette où je vais toujours boire une eau de coco.

Comme tous les Cariocas, j'ai croisé des centaines (des milliers ?) de fois des hommes, des femmes ou des enfants allongés par terre. Habitué à voyager, j'ai vu la même scène pratiquement dans tous les pays où je me suis rendu – de la riche Suisse à la misérable Roumanie. J'ai vu des gens allongés par terre à toutes les saisons de l'année : dans l'hiver glacé de Madrid, de New York ou de Paris, où ils restent près de l'air chaud qui sort des bouches de métro ; sous le soleil brûlant du Liban, entre les édifices détruits par des années de guerre. Des gens couchés par terre, ivres, sans abri, fatigués, ce n'est pas nouveau.

J'ai bu mon eau de coco. Je devais rentrer rapidement, car j'avais rendez-vous avec Juan Arias, du journal espagnol *El País*. Sur le chemin du retour, j'ai vu que l'homme était toujours là, en plein soleil, et tous ceux qui passaient faisaient exactement comme moi : ils regardaient et passaient leur chemin.

Il se trouve que, même si je ne le savais pas, mon âme était lasse d'avoir vu tant de fois cette même scène. Quand je suis repassé près de cet homme, quelque chose de plus fort que moi m'a poussé à m'agenouiller pour tenter de le relever.

Il ne réagissait pas. J'ai incliné sa tête et j'ai vu qu'il y avait du sang près de sa tempe. S'agissait-il d'une blessure sérieuse ? J'ai nettoyé sa peau avec mon tee-shirt : apparemment ce n'était pas grave.

À ce moment-là, l'homme a commencé à murmurer quelques mots du genre : « Demandez-leur de ne pas me frapper. » Il était donc vivant, maintenant je devais le mettre à l'abri du soleil et appeler la police.

J'ai arrêté le premier passant et je lui ai demandé de m'aider à traîner cet homme à l'ombre, entre le trottoir et le sable. Il portait un costume, un porte-documents et des paquets, il a tout laissé et il est venu m'aider. Lui aussi sans doute, son âme était lasse d'assister à ce genre de scène.

Une fois l'homme à l'ombre, je me suis dirigé vers chez moi. Je savais qu'il y avait un poste de la Police militaire et que je pourrais y demander du secours. Mais avant d'y arriver, j'ai croisé deux policiers.

« Il y a un homme blessé, devant le numéro tant, leur ai-je dit. Je l'ai mis sur le sable. Il serait bon d'appeler une ambulance. »

Les agents m'ont dit qu'ils allaient prendre les mesures nécessaires. Bien, j'avais accompli mon devoir. Un bon scout donne toujours l'alerte. La bonne action de la journée ! Le problème était désormais entre leurs mains, à eux de se montrer responsables. Et le journaliste espagnol allait arriver chez moi dans quelques minutes.

À peine avais-je fait dix pas qu'un étranger m'a interpellé, dans un portugais douteux :

« J'avais déjà signalé à la police l'homme sur le trottoir. Ils m'ont dit que, du moment que ce n'est pas un voleur, ce n'est pas leur problème. »

Je n'ai pas laissé l'homme terminer. Je suis retourné voir les agents, convaincu qu'ils savaient qui j'étais, que j'écrivais dans des journaux, que je passais à la télévision. J'avais l'impression fausse que la notoriété, à certains moments, permet de résoudre beaucoup de choses.

« Vous êtes quelqu'un d'influent ? » m'a demandé l'un d'eux, voyant que je réclamais de l'aide avec insistance.

Ils ne savaient absolument pas qui j'étais.

« Non, ai-je répondu. Mais nous allons résoudre ce problème tout de suite. »

J'étais mal habillé, avec mon tee-shirt taché de sang, mon bermuda coupé dans un vieux jean, en sueur. J'étais un homme ordinaire, anonyme, sans autre autorité que ma lassitude de voir des gens allongés par terre depuis des dizaines d'années et de n'avoir jamais rien fait.

Et cela a tout changé. Il y a un moment où vous vous trouvez au-delà de l'interdit ou de la peur, où votre regard est différent et où les gens comprennent que vous parlez sérieusement. Les agents m'ont accompagné, et ils ont appelé l'ambulance.

En retournant chez moi, j'ai tiré de cette promenade trois leçons :

A) Nous pouvons tous mettre fin à une action quand la passion nous anime.

B) Il y a toujours quelqu'un pour vous dire : « Maintenant que tu as commencé, va jusqu'au bout. » Et enfin :

C) Nous sommes tous quelqu'un d'influent quand nous sommes absolument convaincus de ce que nous faisons.

# Le carreau qui manquait

Au cours d'un voyage, je reçus un fax de ma secrétaire.

« Il manque un carreau de verre pour la rénovation de la cuisine, disait-elle. Je vous envoie le projet original, et la solution que trouvera le maçon pour compenser ce manque. »

D'un côté, il y avait le dessin que ma femme avait fait : des rangées harmonieuses, avec une ouverture pour la ventilation. De l'autre côté, le projet qui résolvait le problème de l'absence du carreau : un véritable casse-tête, où les carreaux de verre se mêlaient sans aucune esthétique.

« Qu'on achète le carreau qui manque », écrivit ma femme. Ainsi fut fait, et le dessin original fut maintenu.

L'après-midi, j'ai pensé très longtemps à cet événement ; il nous arrive très souvent, du fait de l'absence d'un simple carreau, de dénaturer complètement le projet initial de notre vie.

## Raj me raconte une histoire

Dans un village pauvre du Bengale, une veuve n'avait pas d'argent pour payer l'autocar pour son fils, si bien que le gamin, quand il fut inscrit au collège, allait devoir traverser tout seul une forêt. Pour le tranquilliser, elle lui dit :

« N'aie pas peur de la forêt, mon fils. Demande à ton dieu Krishna de t'accompagner. Il écoutera ta prière. »

Le gamin fit ce qu'avait dit sa mère, Krishna apparut, et il l'emmena tous les jours à l'école.

Quand vint le jour de l'anniversaire du professeur, l'enfant demanda à sa mère un peu d'argent pour apporter un cadeau.

« Nous n'avons pas d'argent, mon fils. Demande à ton frère Krishna de te trouver un cadeau. »

Le lendemain, l'enfant confia son problème à Krishna. Celui-ci lui donna une jarre remplie de lait.

Tout excité, le petit offrit la jarre au professeur. Mais les autres cadeaux étaient plus beaux, et le maître n'y prêta pas la moindre attention.

« Emporte cette jarre à la cuisine », dit le professeur à un assistant.

L'assistant s'exécuta. Mais quand il essaya de vider la jarre, il constata qu'elle se remplissait toute seule. Il alla immédiatement en rendre compte au professeur qui, stupéfait, demanda à l'enfant :

« Où as-tu trouvé cette jarre, et quelle est l'astuce qui la garde pleine ?

— C'est Krishna, le dieu de la Forêt, qui me l'a donnée. »

Le maître, les élèves, l'aide, tous se mirent à rire.

« Il n'y a pas de dieux dans la forêt, c'est une superstition ! dit le maître. S'il existe, sortons le voir ! »

Toute la bande sortit. L'enfant commença à appeler Krishna, mais celui-ci n'apparut pas. Désespéré, il fit une ultime tentative :

« Frère Krishna, mon maître veut vous voir. Je vous en prie, montrez-vous ! »

À ce moment, on entendit venir de la forêt une voix, qui résonna dans tous les coins :

« Comment cela, il désire me voir, mon enfant ? Il ne croit même pas à mon existence ! »

# L'autre côté de la tour de Babel

J'ai passé toute la matinée à expliquer que je ne m'intéressais pas précisément aux musées et aux églises, mais aux habitants du pays, et qu'ainsi il vaudrait bien mieux que nous allions jusqu'au marché. Cependant, ils insistent ; c'est jour férié, le marché est fermé.

« Où allons-nous ?

— Dans une église. »

Je le savais.

« Aujourd'hui on célèbre un saint très spécial pour nous, et très certainement pour vous aussi. Nous allons visiter le tombeau de ce saint. Mais ne posez pas de questions, et acceptez qu'il nous arrive parfois de réserver de bonnes surprises aux écrivains.

— Combien de temps dure le trajet ?

— Vingt minutes. »

Vingt minutes, c'est la réponse toute faite : je sais évidemment qu'il va durer beaucoup plus longtemps. Mais jusqu'à présent ils ont respecté toutes mes demandes, mieux vaut céder cette fois.

Je suis à Erevan, en Arménie, ce dimanche matin. Je monte résigné dans la voiture, je vois au loin le mont Ararat couvert de neige, je contemple le paysage autour de moi. Si seulement je pouvais me promener par là, au lieu d'être enfermé dans cette boîte en fer-blanc. Mes amphitryons essaient d'être gentils, mais je suis distrait, acceptant stoïquement le « programme touristique spécial ». Ils finissent par laisser s'éteindre la conversation, et nous continuons en silence.

Cinquante minutes plus tard (je le savais !) nous arrivons dans une petite ville et nous nous dirigeons vers l'église bondée. Je vois qu'ils sont tous en costume et cravate, l'événement est très formel et je me sens ridicule car je porte simplement un tee-shirt et un jean. Je sors de la voiture, des gens de l'Union des écrivains m'attendent, m'offrent une fleur, me conduisent au milieu de la foule qui assiste à la messe, nous descendons un escalier derrière l'autel, et je me trouve devant un tombeau. Je comprends que le saint doit être enterré là, mais avant de déposer la fleur, je veux savoir précisément à qui je rends hommage.

« Le saint patron des traducteurs », me répond-on.

Le saint patron des traducteurs ! Sur-le-champ mes yeux se remplissent de larmes.

Nous sommes le 9 octobre 2004, la ville s'appelle Oshakan, et l'Arménie est, à ma connaissance, le seul lieu au monde qui déclare fête nationale et célèbre en grand style le jour du saint patron des traducteurs, saint Mesrob. Outre qu'il a inventé l'alphabet arménien (la langue existait déjà, mais seulement sous forme orale), il a consacré sa vie à transcrire dans sa langue maternelle les textes les plus importants de son époque – qui étaient écrits en grec, en persan, ou en cyrillique. Lui et ses disciples se sont consacrés à la tâche gigantesque de traduire la Bible et les principaux classiques de la littérature de son temps. Dès lors, la culture du pays a acquis son identité propre, qui s'est maintenue jusqu'à nos jours.

Le saint patron des traducteurs. La fleur à la main, je pense à toutes les personnes que je n'ai jamais rencontrées et que je n'aurai peut-être jamais l'occasion de connaître, mais qui en ce moment ont mes livres en main, essayant de donner le meilleur d'elles-mêmes pour rendre fidèlement ce que j'ai voulu partager avec mes lecteurs. Mais je pense surtout à mon beau-père, Christiano Monteiro Oiticica, profession : traducteur. Aujourd'hui, en compagnie des anges et de saint Mesrob, il assiste à cette scène. Je me souviens de lui collé à sa vieille machine à écrire, se plaignant très souvent que son travail fût mal payé (ce qui est malheureusement encore vrai de nos jours). Aussitôt après, il expliquait que la vraie raison pour laquelle il poursuivait cette tâche était son enthousiasme de partager un savoir qui, sans les traducteurs, n'arriverait jamais jusqu'à son peuple.

Je fais une prière silencieuse pour lui, pour tous ceux qui ont traduit mes livres, et pour ceux qui m'ont permis de lire des œuvres auxquelles je n'aurais jamais eu accès, m'aidant ainsi – anonymement – à former ma vie et mon caractère. En sortant de l'église, je vois des enfants dessinant l'alphabet, des sucreries en forme de lettres, des fleurs, et encore des fleurs.

Quand l'homme a montré son arrogance, Dieu a détruit la tour de Babel et tous se sont mis à parler des langues différentes. Mais dans Son infinie bienveillance, Il a créé également une sorte de gens qui allait reconstruire ces ponts, permettre le dialogue et la diffusion de la pensée humaine. Cet homme (ou cette femme) dont nous nous donnons rarement la peine de connaître le nom quand nous ouvrons un livre étranger : le traducteur.

## Avant une conférence

Une écrivaine chinoise et moi nous préparions à prendre la parole dans une rencontre de libraires américains. La Chinoise, extrêmement nerveuse, me disait :

« Parler en public est déjà difficile, alors être obligée d'expliquer son livre dans une autre langue, vous imaginez ! »

Je l'ai priée de cesser, ou bien j'allais moi aussi devenir nerveux, car j'avais le même problème. Soudain, elle s'est retournée, a souri, et m'a dit tout bas :

« Tout va bien se passer, ne vous inquiétez pas. Nous ne sommes pas seuls : regardez le nom de la librairie de la femme assise derrière moi. »

Sur le carton de la femme, il était écrit : « Librairie des Anges réunis ». Nous avons réussi l'un et l'autre à faire une excellente présentation de nos ouvrages, parce que les anges nous avaient donné le signal que nous attendions.

# Sur l'élégance

Je me surprends parfois à me tenir le dos courbé ; et chaque fois que cela m'arrive, je suis certain que quelque chose ne va pas bien. À ce moment-là, avant même de chercher ce qui m'incommode, j'essaie de changer de posture – de la rendre plus élégante. Quand je me redresse, je me rends compte que ce simple geste m'a aidé à reprendre confiance dans ce que je suis en train de faire.

On confond généralement élégance avec superficialité, mode, manque de profondeur. C'est une grave erreur : l'être humain a besoin d'élégance dans ses actes et dans sa posture, car ce mot est synonyme de bon goût, amabilité, équilibre et harmonie.

Il faut de la sérénité et de l'élégance pour faire les pas importants de la vie. Bien sûr, nous n'allons pas délirer, nous inquiéter sans cesse de la manière dont nous bougeons les mains, nous asseyons, sourions, regardons autour de nous ; mais il est bon de savoir que notre corps parle un langage, et que l'autre – même inconsciemment – comprend ce que nous disons au-delà des mots.

La sérénité vient du cœur. Bien que souvent torturé par le manque d'assurance, il sait que, grâce à une posture correcte, il peut retrouver son équilibre. L'élégance physique, à laquelle je me réfère ici, vient du corps, ce n'est pas une chose superficielle, mais le moyen qu'a trouvé l'homme pour honorer la manière dont il pose ses deux pieds sur la terre. Aussi, quand parfois vous sentez que votre posture vous incommode, ne pensez pas qu'elle est trompeuse ou artificielle : elle est sincère parce que c'est difficile. C'est par elle que le chemin se sent honoré par la dignité du pèlerin.

Et puis, je vous en prie, n'allez pas la confondre avec arrogance ou snobisme. L'élégance est la posture la plus adéquate pour que votre geste soit parfait, que votre pas soit ferme et que votre prochain soit respecté.

L'élégance est atteinte quand l'être humain s'est débarrassé de tout le superflu et découvre la simplicité et la concentration : plus la posture est simple et sobre, plus belle elle sera.

La neige est belle parce qu'elle n'a qu'une couleur, la mer est belle parce qu'elle ressemble à une surface plane – mais la mer et la neige sont profondes et connaissent leurs qualités.

Marchez le pas ferme et joyeux, sans craindre de trébucher. Vos alliés accompagnent tous vos mouvements, et ils vous aideront si nécessaire. Mais n'oubliez pas que l'adversaire aussi vous observe, et qu'il connaît la différence entre une main ferme et une main tremblante : par conséquent, si vous êtes tendu, respirez profondément, soyez convaincu que vous êtes tranquille – et par un de ces miracles que l'on ne sait pas expliquer, la tranquillité s'installera aussitôt.

Au moment où vous prenez une décision et la mettez en application, efforcez-vous de revoir mentalement toutes les étapes qui vous ont conduit à préparer votre pas. Mais faites-le en étant détendu, car il est impossible d'avoir toutes les règles en tête : et l'esprit libre, à mesure que vous reverrez chaque étape, vous reconnaîtrez les moments les plus difficiles, et la façon dont vous les avez surmontés. Cela se reflétera dans votre corps, alors faites attention !

On peut faire une analogie avec le tir à l'arc : beaucoup d'archers se plaignent que, bien qu'ils aient pratiqué des années l'art du tir, il leur arrive encore de sentir leur cœur éclater d'anxiété et leur main trembler, et de mal viser. L'art du tir rend nos erreurs plus évidentes.

Le jour où vous ne sentirez pas d'amour pour la vie, votre tir sera confus, compliqué. Vous verrez que vous n'avez pas la force suffisante pour tendre la corde au maximum, que vous n'arrivez pas à faire se courber l'arc comme vous le devez.

Et voyant ce matin-là que votre tir est confus, vous tenterez de découvrir ce qui a provoqué une telle imprécision : ainsi vous affronterez un problème qui vous incommode, mais qui jusqu'alors se trouvait occulté.

Vous avez découvert ce problème parce que votre corps était usé, moins élégant. Changez de posture, ne froncez pas le sourcil, redressez le dos, affrontez le monde avec un cœur franc et sincère. Quand vous pensez à votre corps, vous pensez aussi à votre âme, et l'un aidera l'autre.

# Nhá Chica de Baependi

Qu'est-ce qu'un miracle ?

Il existe toutes sortes de définitions : quelque chose qui va à l'encontre des lois de la nature, des intercessions dans des moments de crise profonde, des choses scientifiquement impossibles, etc.

J'ai ma propre définition : un miracle, c'est ce qui emplit notre cœur de paix. Il se manifeste parfois sous la forme d'une guérison, d'un désir satisfait, peu importe – le résultat, c'est que, quand le miracle se produit, nous ressentons une profonde révérence pour la grâce que Dieu nous a accordée.

Il y a une trentaine d'années, alors que je vivais ma période hippie, ma sœur m'invita à être le parrain de sa première fille. J'étais ravi de cette proposition, content qu'elle ne m'ait pas demandé de me couper les cheveux (à cette époque, ils m'arrivaient à la taille), et qu'elle n'ait pas exigé un cadeau onéreux pour ma filleule (je n'aurais pas eu de quoi l'acheter).

La fille naquit, la première année passa, et le baptême n'arrivait pas. Pensant que ma sœur avait changé d'avis, j'allai lui demander ce qui s'était passé, et elle me répondit : « Tu restes parrain. Il se trouve que j'ai fait une promesse à Nhá Chica, et je veux baptiser la petite à Baependi, parce qu'elle m'a accordé une grâce. »

Je ne savais pas où était Baependi, et je n'avais jamais entendu parler de Nhá Chica. La période hippie passa, je devins cadre d'une maison de disques, ma sœur eut une autre fille, et pas de baptême. Finalement, en 1978, la décision fut prise, et les deux familles – la sienne et celle de son ex-mari – se rendirent à Baependi. Là, je découvris que cette Nhá Chica, qui n'avait même pas d'argent pour sa propre subsistance, avait passé trente ans à construire une église et à aider les pauvres.

Je sortais d'une période très turbulente de ma vie et je ne croyais plus en Dieu. Ou plus exactement, je n'accordais pas grande importance à la recherche du monde spirituel. Ce qui comptait, c'étaient les choses de ce monde, et les résultats que je pourrais obtenir. J'avais abandonné les rêves fous de ma jeunesse – entre autres, celui de devenir écrivain – et je n'avais pas l'intention d'avoir de nouveau des illusions. J'étais là dans cette église uniquement pour accomplir un devoir social ; attendant l'heure du baptême, je fis un tour dans les environs et j'entrai finalement dans l'humble maison de Nhá Chica, à côté de l'église. Deux commodes et un petit autel, avec quelques images de saints et un vase contenant deux roses rouges et une blanche.

Impulsivement, contrairement à tout ce que je pensais à l'époque, je fis un vœu : *Si un jour je parviens à devenir l'écrivain que je voulais être et que je ne veux plus être, je reviendrai ici quand j'aurai cinquante ans, et j'apporterai deux roses rouges et une blanche.*

En souvenir du baptême, j'achetai un portrait de Nhá Chica.

Lors du retour à Rio, le désastre : un autocar s'arrête subitement devant moi, j'écarte la voiture en une fraction de seconde, mon beau-frère parvient lui aussi à écarter la sienne, la voiture qui vient entre en collision avec le car, il y a une explosion, plusieurs morts. Nous nous garons au bord de la route, ne sachant que faire. Je cherche dans ma poche une cigarette, et j'en sors le portrait de Nhá Chica. Silencieux dans son message de protection.

Mon voyage de retour vers les rêves, la quête spirituelle, la littérature, commençait là, et un jour je me suis vu de nouveau dans le Bon Combat, celui que l'on mène le cœur empli de paix, car il résulte d'un miracle. Je n'ai jamais oublié les trois roses. Enfin, mes cinquante ans – qui à cette époque semblaient si loin – sont arrivés.

Et ils seront bientôt passés. Pendant la Coupe du Monde, je suis allé à Baependi m'acquitter de mon vœu. Quelqu'un m'a vu arriver à Caxambú (où je passais la nuit), et un journaliste est venu m'interviewer. Quand je lui ai raconté ce que je faisais là, il m'a dit :

« Parlez de Nhá Chica. Son corps a été exhumé cette semaine et la procédure de béatification est au Vatican. Les gens doivent témoigner.

— Non, ai-je répondu. C'est une histoire très intime. Je ne parlerais que si je recevais un signe. »

Et j'ai pensé en moi-même : « Qu'est-ce qui serait un signe ? Seulement quelqu'un qui parlerait en son nom ! »

Le lendemain, j'ai pris la voiture, les fleurs, et je suis allé à Baependi. Je me suis arrêté à une certaine distance de l'église, me rappelant le cadre de la maison de disques qui était venu là si longtemps auparavant, et toutes les raisons qui m'avaient conduit à revenir. Alors que j'entrais dans la maison, une jeune femme est sortie d'une boutique de vêtements :

« J'ai vu que votre livre *Maktub* était dédié à Nhá Chica, a-t-elle dit. Je vous assure qu'elle était contente. »

Elle ne m'a rien demandé. Mais c'était le signe que j'attendais. Et voilà la déposition publique que je devais faire.

## Reconstruire la maison

Une de mes connaissances, incapable d'associer le rêve et la réalisation, finit par connaître de graves problèmes financiers. Pire encore : il impliqua d'autres personnes, causant du tort à des gens qu'il ne voulait pas blesser.

Ne pouvant payer les dettes qui s'accumulaient, il en arriva à penser au suicide. Il marchait dans une rue un après-midi, quand il vit une maison en ruine. « Cet immeuble, c'est moi », pensa-t-il. À ce moment, il éprouva un immense désir de reconstruire cette maison.

Il trouva le propriétaire, s'offrit pour faire des travaux – et le propriétaire accepta, bien qu'il ne comprît pas ce que mon ami allait y gagner. Ensemble, ils allèrent chercher des briques, du bois, du ciment. Mon ami travailla avec amour, sans savoir pour quoi ni pour qui, mais sentant que sa vie personnelle s'améliorait à mesure que les travaux avançaient.

Au bout d'un an, la maison était prête. Et ses problèmes personnels résolus.

## La prière que j'ai oubliée

Marchant dans les rues de São Paulo il y a trois semaines, j'ai reçu d'un ami, Edinho, une brochure appelée « Instant sacré ». Imprimée en quadrichromie, sur un excellent papier, elle n'était associée à aucune église ou culte, elle portait seulement au verso une prière.

Quelle ne fut pas ma surprise en voyant que celui qui signait cette prière, c'était MOI ! Elle avait été publiée au début des années 1980, sur la jaquette d'un livre de poésie. Je n'avais pas pensé qu'elle résisterait au temps, ni qu'elle pourrait me revenir dans les mains d'une manière aussi mystérieuse. Mais quand je l'ai relue, je n'ai pas eu honte de ce que j'avais écrit.

Puisqu'elle était dans cette brochure, et puisque je crois aux signes, j'ai trouvé opportun de la reproduire ici. J'espère ainsi encourager chaque lecteur à écrire sa propre prière, en se demandant et en demandant aux autres ce qu'il juge le plus important. De cette manière, nous mettons dans notre cœur une vibration positive, qui doit se communiquer à tout ce qui nous entoure.

Voici la prière :

*Seigneur, protégez nos doutes, car le Doute est une manière de prier. C'est lui qui nous fait grandir, car il nous oblige à regarder sans crainte les nombreuses réponses à une même question. Et pour que ce soit possible,*

*Seigneur, protégez nos décisions, car la Décision est une manière de prier. Donnez-nous du courage pour que, après le doute, nous sachions choisir entre un chemin et l'autre. Que notre OUI soit toujours un OUI, et notre NON toujours un NON. Qu'une fois le chemin choisi, nous ne regardions jamais en arrière, et que notre âme ne soit jamais rongée par le remords. Et pour que ce soit possible,*

*Seigneur, protégez nos actions, car l'Action est une manière de prier. Faites que notre pain quotidien soit le fruit de ce que nous portons en nous de meilleur. Que nous puissions, par le travail et l'Action, partager un peu de l'amour que nous recevons. Et pour que ce soit possible,*

*Seigneur, protégez nos rêves, car le Rêve est une manière de prier. Faites que, quels que soient notre âge et notre situation, nous sachions garder vive dans notre cœur la flamme sacrée de l'espoir et de la persévérance. Et pour que ce soit possible,*

*Seigneur, donnez-nous toujours l'enthousiasme, car l'Enthousiasme est une manière de prier. C'est lui qui nous relie aux Cieux et à la Terre, aux hommes et aux enfants, et nous dit que le désir est important et mérite nos efforts. C'est lui qui nous affirme que tout est possible, du moment que nous sommes totalement engagés dans ce que nous faisons. Et pour que ce soit possible,*

Seigneur, protégez-nous, car la Vie est le seul moyen que nous avons de manifester Votre miracle. Que la terre continue à transformer la semence en blé, que nous continuions à changer le blé en pain. Et ce n'est possible que si nous avons de l'Amour – par conséquent, ne nous abandonnez jamais à la solitude. Donnez-nous toujours Votre compagnie, et la compagnie d'hommes et de femmes qui ont des doutes, agissent, rêvent, s'enthousiasment et vivent comme si chaque jour était totalement consacré à Votre gloire.

Amen.

## Copacabana, Rio de Janeiro

Nous nous trouvions, ma femme et moi, au coin de la rue Constante Ramos, à Copacabana. Il y avait une femme d'une soixantaine d'années, elle était sur une chaise roulante, perdue au milieu de la foule. Ma femme s'est offerte pour l'aider : elle a accepté, nous demandant de la transporter jusqu'à la rue Santa Clara.

Quelques sacs plastique pendaient de la chaise roulante. En chemin, elle nous a raconté que c'étaient là tous ses biens ; elle dormait sous les marquises et vivait de la charité d'autrui.

Nous sommes arrivés à l'endroit indiqué ; d'autres mendiants s'y trouvaient réunis. La femme a retiré d'un des sacs plastique deux briques de lait longue conservation, et les a tendues au groupe.

Elle a fait ce commentaire : « Faites-moi la charité, je dois faire la charité aux autres. »

## Vivre sa propre légende

Je crois que chaque page de ce livre est lue en à peu près trois minutes. Eh bien, d'après les statistiques, dans ce laps de temps trois cents personnes vont mourir et six cent vingt autres naîtront.

Il me faut peut-être une demi-heure pour écrire la page : je suis concentré sur mon ordinateur, des livres à côté de moi, des idées dans la tête, des voitures qui passent dehors. Tout paraît absolument normal autour de moi ; cependant, durant ces trente minutes, trois mille personnes sont mortes et six mille deux cents viennent de voir, pour la première fois, la lumière du monde.

Où sont ces milliers de familles qui ont à peine commencé à pleurer la perte d'un proche, ou à rire de l'arrivée d'un enfant, d'un petit-fils, d'un frère ?

Je m'arrête et je réfléchis un peu : nombre de ces morts arrivent peut-être au terme d'une longue et douloureuse maladie, et certaines personnes sont soulagées que l'Ange soit venu les chercher. En outre, il est certain que des centaines de ces enfants qui viennent de naître seront abandonnés dans la minute suivante et passeront dans les statistiques des morts avant que je ne termine ce texte.

Incroyable. Une simple statistique, que j'ai regardée par hasard, et soudain je sens ces pertes et ces rencontres, ces sourires et ces larmes. Combien quittent cette vie seuls dans leurs chambres, sans que personne ne se rende compte de ce qui est en train de se passer ? Combien naîtront en cachette, et seront abandonnés à la porte d'un asile ou d'un couvent ?

Je réfléchis : j'ai déjà fait partie des statistiques des naissances, et un jour je serai inclus dans le nombre de morts. Heureusement, j'ai pleinement conscience que je vais mourir. Depuis que j'ai fait le chemin de Saint-Jacques, je l'ai compris, même si la vie continue et que nous sommes tous éternels, cette existence finira un jour.

Les gens pensent très peu à la mort. Ils passent leur vie à s'inquiéter de vraies absurdités, ils reportent les choses, ils laissent de côté des moments importants. Ils ne prennent pas de risques, parce qu'ils trouvent cela dangereux. Ils se plaignent beaucoup, mais ils se montrent lâches au moment de prendre des mesures. Ils veulent que tout change, mais ils refusent de changer.

S'ils pensaient un peu plus à la mort, ils ne manqueraient jamais de donner le coup de téléphone qu'ils n'ont pas donné. Ils seraient un peu plus fous. Ils n'auraient pas peur de la fin de cette incarnation – car on ne peut pas redouter quelque chose qui arrivera de toute façon.

Les Indiens disent : « Aujourd'hui est un jour aussi bon qu'un autre pour quitter ce monde. » Et un sorcier a déclaré un jour : « Que la mort soit toujours assise à côté de toi. Ainsi, quand tu devras faire des choses importantes, elle te donnera la force et le courage nécessaires. »

J'espère que vous, lecteur, vous êtes arrivé jusqu'ici. Il serait stupide que le titre vous ait effrayé, car nous tous, tôt ou tard, nous allons mourir. Seul celui qui accepte cela est prêt pour la vie.

# L'importance du chat dans la méditation

Lorsque j'ai écrit *Veronika décide de mourir*, un livre sur la folie, je me suis vu dans l'obligation de me demander quelle était la part de nos actes qui nous a été imposée par la nécessité, ou par l'absurdité. Pourquoi portons-nous une cravate ? Pourquoi la montre tourne-t-elle dans le « sens des heures » ? Si nous vivons dans un système décimal, pourquoi le jour a-t-il vingt-quatre heures de soixante minutes ?

Le fait est que nombre de règles auxquelles nous obéissons de nos jours n'ont aucun fondement. Pourtant, si nous désirons agir autrement, nous sommes considérés comme « fous » ou « immatures ».

En attendant, la société crée des systèmes qui, avec le temps, perdent leur raison d'être mais continuent d'imposer leurs règles. Une intéressante histoire japonaise illustre ce que je veux dire :

Un grand maître bouddhiste zen, responsable du monastère de Mayu Kagi, avait un chat, qui était sa vraie passion dans la vie. Ainsi, pendant les leçons de méditation, gardait-il le chat près de lui, afin de profiter le plus possible de sa compagnie.

Un matin, le maître, qui était assez vieux, fut trouvé mort. Le disciple qui avait le grade le plus élevé prit sa place.

« Qu'allons-nous faire du chat ? » demandèrent les autres moines.

En souvenir de son ancien instructeur, le nouveau maître décida de permettre que le chat continuât de fréquenter les leçons de bouddhisme zen.

Des disciples de monastères voisins, qui voyageaient beaucoup dans la région, découvrirent que dans l'un des temples les plus fameux du lieu, un chat prenait part aux méditations. L'histoire commença à se répandre.

Des années passèrent. Le chat mourut, mais les élèves du monastère étaient tellement habitués à sa présence qu'ils se débrouillèrent pour trouver un autre chat. Pendant ce temps, les autres temples introduisaient peu à peu les chats dans leurs méditations : ils croyaient que le chat était le vrai responsable de la célébrité et de la qualité de l'enseignement de Mayu Kagi, et en oubliaient que l'ancien maître était un excellent instructeur.

Une génération passa, et l'on vit apparaître des traités techniques sur l'importance du chat dans la méditation zen. Un professeur d'université développa une thèse – admise par la communauté académique – affirmant que le félin avait la capacité d'augmenter la concentration humaine et d'éliminer les énergies négatives.

Ainsi, durant un siècle, le chat fut considéré comme une partie essentielle de l'étude du bouddhisme zen dans cette région.

Et puis apparut un maître qui était allergique aux poils d'animaux, et il décida d'éloigner le chat de ses pratiques quotidiennes avec les élèves.

Il y eut une violente réaction de refus, mais le maître insista. Comme c'était un excellent instructeur, le rendement scolaire des élèves demeura le même, malgré l'absence du chat.

Peu à peu, les monastères – toujours en quête d'idées nouvelles et lassés de devoir nourrir tant de chats – éliminèrent les animaux des leçons. Au bout de vingt ans, apparurent de nouvelles thèses révolutionnaires, portant des titres convaincants comme *L'Importance de la méditation sans le chat* ou *Équilibrer l'univers zen par le seul pouvoir de l'esprit, sans l'aide d'animaux*.

Un autre siècle passa et le chat sortit totalement du rituel de la méditation zen dans cette région. Mais il fallut deux cents ans pour que tout redevînt normal – personne ne s'était demandé, durant tout ce temps, pourquoi le chat se trouvait là.

Combien d'entre nous, dans la vie, osent se demander : pourquoi dois-je agir de la sorte ? Jusqu'à quel point, dans nos actes, nous servons-nous de « chats » inutiles, que nous n'avons pas le courage d'éliminer, parce que l'on nous a dit que les « chats » étaient importants pour que tout fonctionne bien ?

Pourquoi, en cette dernière année du millénaire, ne cherchons-nous pas une manière d'agir différente ?

## Je ne peux pas entrer

Près d'Olite, en Espagne, se trouve un château en ruine. Je décide de le visiter, et alors que je me trouve devant, un homme à la porte me déclare :

« Vous ne pouvez pas entrer. »

Mon intuition m'assure qu'il est en train de m'interdire pour le plaisir d'interdire. Je lui explique que je viens de loin, j'essaie de lui donner un pourboire, d'être sympathique, je dis que ce château est en ruine – soudain, il est devenu très important pour moi d'entrer dans ce château.

« Vous ne pouvez pas entrer », répète l'homme.

Il reste une seule solution : continuer, et attendre qu'il m'en empêche physiquement. Je me dirige vers la porte. Il me regarde, mais il ne fait rien.

Alors que je sors, deux touristes s'approchent et entrent. Le vieux ne tente pas de les en empêcher. Je sens que, grâce à ma résistance, le vieux a décidé de cesser de créer des règles absurdes. Le monde nous demande parfois de lutter pour des choses que nous ne connaissons pas, pour des raisons que nous ne découvrirons jamais.

## Statuts du nouveau millénaire

1) Tous les hommes sont différents. Et ils doivent faire leur possible pour le rester.

2) À tout être humain ont été concédées deux manières d'agir : l'action et la contemplation. Elles mènent l'une et l'autre au même endroit.

3) À tout être humain ont été concédées deux qualités : le pouvoir et le don. Le pouvoir conduit l'homme à la rencontre de son destin ; le don l'oblige à partager avec les autres ce qu'il y a de meilleur en lui.

4) À tout être humain a été donnée une vertu : la capacité de choisir. Celui qui n'utilise pas cette vertu la transforme en malédiction et d'autres choisiront pour lui.

5) Tout être humain a droit à deux bénédictions : la grâce de viser juste et la grâce de se tromper. Dans le second cas, il existe toujours un apprentissage qui le conduira au bon chemin.

6) Tout être humain a un profil sexuel, et il doit l'exercer sans culpabilité du moment qu'il n'oblige pas les autres à l'exercer avec lui.

7) Tout être humain a une légende personnelle à accomplir et celle-ci est sa raison d'être dans ce monde. Sa légende personnelle se manifeste au moyen de l'enthousiasme pour sa tâche.

Paragraphe unique. On peut abandonner pour un certain temps sa légende personnelle, à condition qu'on ne l'oublie pas et qu'on y revienne dès que possible.

8) Tout homme a un côté féminin et toute femme un côté masculin. Il est nécessaire de recourir à la discipline avec intuition et d'user de l'intuition avec objectivité.

9) Tout être humain doit connaître deux langages : le langage de la société et le langage des signes. L'un sert à la communication avec les autres, l'autre sert à comprendre les messages de Dieu.

10) Tout être humain a droit à la recherche de la joie, et l'on entend par joie ce qui le satisfait – pas nécessairement ce qui satisfait les autres.

11) Tout être humain doit garder vive en lui la flamme sacrée de la folie. Et il doit se comporter comme une personne normale.

12) Seuls sont considérés comme des fautes graves les items suivants : ne pas respecter le droit de votre prochain, vous laisser paralyser par la peur, vous sentir coupable, croire que vous ne méritez pas le bonheur ou le malheur qui vous arrivent dans la vie, et vous montrer lâche.

Paragraphe 1. Nous aimerons nos ennemis, mais nous ne ferons pas d'alliances avec eux. Ils ont été placés sur notre chemin pour mettre à l'épreuve notre épée, et ils méritent le respect de notre lutte.

Paragraphe 2. Nous choisirons nos ennemis.

13) Toutes les religions mènent au même Dieu, et toutes méritent le même respect.

Paragraphe unique. Un homme qui choisit une religion choisit également une manière collective d'adorer et de partager les mystères. Cependant, il est seul responsable de ses actes sur le chemin et il n'a pas le droit de faire porter à la religion la responsabilité de ses décisions.

14) Est décrétée la fin du mur qui sépare le sacré du profane : à partir de maintenant, tout est sacré.

15) Tout ce qui est fait dans le présent affecte l'avenir en conséquence, et le passé par rédemption.

16) Les dispositions contraires sont annulées.

## Détruire et reconstruire

Je suis invité à me rendre à Gunkanjima, où se trouve un temple bouddhiste zen. En arrivant, je suis surpris : la très belle structure est située au milieu d'une immense forêt, mais à côté un gigantesque terrain demeure en friche.

Je demande la raison de ce terrain, et le préposé m'explique :

« C'est le lieu de la prochaine construction. Tous les vingt ans, nous détruisons ce temple que vous voyez et nous le reconstruisons à côté. Ainsi, les moines charpentiers, maçons et architectes ont la possibilité de toujours exercer leurs capacités, et de les enseigner par la pratique à leurs apprentis. Nous montrons aussi que rien dans la vie n'est éternel, et que même les temples sont dans un processus de perfectionnement constant. »

## Le guerrier et la foi

Henry James compare l'expérience à une immense toile d'araignée, étendue autour de nous, qui peut attraper non seulement ce qui est nécessaire, mais aussi la poussière qui se trouve dans l'air.

Très souvent, ce que nous appelons « expérience » n'est autre que la somme de nos défaites. Alors, nous regardons devant nous avec crainte, comme quelqu'un qui a déjà commis pas mal d'erreurs dans la vie, et nous n'avons pas le courage de faire le pas suivant.

À ce moment-là, il est bon de se rappeler les mots de lord Salisbury : « Si vous faites totalement confiance aux médecins, vous croirez que tout est mauvais pour la santé. Si vous faites totalement confiance aux théologiens, vous allez vous convaincre que tout est péché. Si vous faites totalement confiance aux militaires, vous conclurez que la sécurité absolue n'existe pas. »

Il faut accepter les passions et ne pas renoncer à l'enthousiasme des conquêtes ; elles font partie de la vie et réjouissent tous ceux qui y prennent part. Mais le guerrier de la lumière ne perd jamais de vue les choses durables, et les liens qui se sont créés solidement avec le temps : il sait distinguer ce qui est passager et ce qui est définitif.

Mais il y a un moment où les passions disparaissent sans prévenir. Malgré toute sa sagesse, il se laisse dominer par le découragement : d'une heure à l'autre, la foi n'est plus ce qu'elle était, les choses ne se passent pas comme il l'avait rêvé, les tragédies surgissent d'une manière injuste et inattendue, et il se met à croire que ses prières ne sont plus entendues.

Il continue à prier et à fréquenter les cultes de sa religion, mais il ne peut se mentir ; le cœur ne répond plus comme avant, et les mots semblent n'avoir aucun sens.

À ce moment, il n'existe qu'une voie possible : poursuivre la pratique. Faire les prières par obligation, ou par crainte, ou pour quelque raison que ce soit – mais continuer à prier. Insister, même si tout paraît inutile.

L'ange chargé de recueillir les mots du guerrier, qui est aussi responsable de l'allégresse qu'apporte la foi, est allé faire une promenade. Mais il sera bientôt de retour et il ne saura où il se trouve que s'il entend une prière ou une demande sur ses lèvres.

Une légende raconte qu'au monastère de Piedra, après une épuisante séance de prières matinales, le novice demanda à l'abbé si les prières rapprochaient Dieu des hommes.

« Je vais te répondre par une autre question, dit l'abbé. Toutes ces prières que tu fais feront-elles se lever le soleil demain ?

— Évidemment non ! Le soleil se lève parce qu'il obéit à une loi universelle !

« — Eh bien, cela répond à ta question. Dieu est près de nous, indépendamment des prières que nous faisons. »

Le novice en fut révolté.

« Voulez-vous dire que nos prières sont inutiles ?

— Absolument. Si tu ne te réveilles pas de bonne heure, tu ne verras jamais le soleil se lever. Si tu ne pries pas, bien que Dieu soit toujours près de toi, tu ne remarqueras jamais Sa présence. »

Prier et observer : ce doit être la devise du guerrier de la lumière. Si vous observez seulement, vous allez commencer à voir des fantômes là où il n'y en a pas. Si vous priez seulement, vous n'aurez pas le temps d'exécuter les œuvres dont le monde a tellement besoin.

Une autre légende raconte, dans le *Verba Seniorum* cette fois, que l'abbé Pastor disait souvent que l'abbé Jean avait tant prié qu'il n'avait plus à se préoccuper – ses passions avaient été vaincues.

Les propos de l'abbé Pastor parvinrent aux oreilles d'un sage du monastère de Sceta. Ce dernier appela les novices après le souper.

« Vous avez entendu dire que l'abbé Jean n'avait plus de tentations à vaincre, déclara-t-il. L'absence de lutte affaiblit l'âme. Nous allons demander au Seigneur d'envoyer à l'abbé Jean une tentation bien forte ; et s'il surmonte cette tentation, nous en demanderons une autre et encore une autre. Et quand il luttera de nouveau contre les tentations, nous prierons pour qu'il ne dise jamais "Seigneur, éloigne de moi ce démon." Nous prierons pour qu'il demande : "Seigneur, donne-moi la force d'affronter le mal." »

# Dans le port de Miami

« On s'habitue parfois à ce que l'on voit dans les films et l'on finit par oublier la vraie histoire », dit un ami, tandis que nous regardons ensemble le port de Miami. « Te souviens-tu des *Dix Commandements* ? »

Bien sûr, je m'en souviens. Moïse – Charlton Heston – à un certain moment lève son bâton, les eaux se fendent, et le peuple hébreu traverse la mer.

« Dans la Bible, c'est différent », remarque mon ami. « Là, Dieu ordonne à Moïse : "Dis aux fils d'Israël de se mettre en marche." Ce n'est qu'après qu'ils ont commencé à marcher que Moïse lève son bâton et que la mer Rouge s'écarte. »

Seul le courage sur le chemin permet que le chemin se manifeste.

## Agir sur une impulsion

Le père Zeca, de l'Église de la Résurrection, à Copacabana, raconte que, se trouvant dans un autobus, il entendit soudain une voix disant qu'il devait se lever et prêcher là la parole du Christ.

Zeca commença à causer avec la voix : « Ils vont me trouver ridicule, ce n'est pas un endroit pour un sermon », dit-il. Mais quelque chose en lui insistait, il fallait parler. « Je suis timide, je vous en prie, ne me demandez pas ça », implora-t-il.

L'impulsion intérieure persistait.

Alors il se rappela sa promesse de s'abandonner à tous les desseins du Christ. Il se leva, mourant de honte, et il commença à parler de l'Évangile. Tout le monde écouta en silence. Il regardait chaque passager, et rares étaient ceux qui détournaient les yeux. Il dit tout ce qu'il ressentait, termina son sermon et se rassit.

Il ne sait toujours pas, aujourd'hui, quelle tâche il a accomplie à ce moment-là. Mais il a l'absolue certitude d'avoir accompli une tâche.

# De la gloire transitoire

SIC TRANSIT GLORIA MUNDI. Saint Paul définit ainsi la condition humaine dans l'une de ses épîtres : la gloire du monde est transitoire. Et, même sachant cela, l'homme est toujours en quête de reconnaissance pour son travail. Pourquoi ? L'un des plus grands poètes brésiliens, Vinicius de Moraes, dit dans l'une de ses chansons :

« Et cependant il faut chanter

Plus que jamais il faut chanter. »

Ces phrases de Vinicius de Moraes sont magnifiques. Rappelant Gertrud Stein, dans son poème « Une rose est une rose, c'est une rose », il dit simplement qu'il faut chanter. Il ne donne pas d'explications, il ne se justifie pas, il n'use pas de métaphores. Lorsque j'ai présenté ma candidature à l'Académie brésilienne des lettres, accomplissant le rituel qui consiste à entrer en contact avec ses membres, j'ai entendu l'académicien Josué Montello me dire quelque chose de semblable : « Tout homme a le devoir de suivre la route qui passe par son village. »

Pourquoi ? Qu'y a-t-il sur cette route ?

Quelle est cette force qui nous pousse loin du confort de ce qui est familier et nous fait affronter des défis, même si nous savons que la gloire du monde est transitoire ?

Je crois que cette impulsion s'appelle la quête du sens de la vie.

Pendant des années, j'ai cherché dans les livres, dans l'art, dans la science, dans les chemins périlleux ou confortables que je parcourais, une réponse définitive à cette question. J'en ai trouvé beaucoup ; certaines m'ont convaincu pour des années, d'autres n'ont pas résisté à un seul jour d'analyse, aucune cependant n'a été assez forte pour que je puisse dire maintenant : le sens de la vie, c'est cela.

Aujourd'hui, je suis convaincu que cette réponse ne nous sera jamais confiée dans cette existence, quand bien même, à la fin, au moment où nous serons de nouveau face au Créateur, nous comprendrions toutes les opportunités qui nous ont été offertes – et que nous avons acceptées ou rejetées.

Dans un sermon de 1890, le pasteur Henry Drummond parle de cette rencontre avec le Créateur. Il dit :

*« À ce moment, la grande question de l'être humain ne sera pas : "Comment ai-je vécu ?"*

*Elle sera : "Comment ai-je aimé ?"*

*L'épreuve finale de toute quête est la dimension de notre Amour. Il ne sera pas tenu compte de nos actes, de nos croyances, de nos réussites.*

*Nous n'aurons pas à payer pour cela, mais pour notre manière d'aimer notre prochain. Les erreurs que nous avons commises seront oubliées. Nous ne serons jamais jugés pour le mal que nous avons fait, mais pour le bien que nous n'avons pas fait. Car garder l'Amour enfermé en soi, c'est aller à l'encontre de l'esprit de Dieu, c'est la preuve que nous ne L'avons jamais rencontré, qu'Il nous a aimés en vain. »*

La gloire du monde est transitoire, et ce n'est pas elle qui donne sa dimension à notre vie, mais le choix que nous faisons de suivre notre légende personnelle, de croire en nos utopies et de lutter pour elles. Nous sommes tous les protagonistes de notre existence, et très souvent ce sont les héros anonymes qui laissent les marques les plus durables.

Une légende japonaise raconte qu'un moine, enthousiasmé par la beauté du livre chinois du *Tao-tö-king*, décida de lever des fonds pour traduire et publier ces vers dans la langue de sa patrie. Il mit dix ans à trouver la somme suffisante.

Cependant, la peste ravagea son pays, et le moine décida d'utiliser l'argent pour soulager la souffrance des malades. Mais dès que la situation fut redevenue normale, il se remit à économiser la somme nécessaire à la publication du *Tao*.

Dix ans passèrent encore et, alors qu'il se préparait à imprimer le livre, un raz de marée laissa des centaines de gens sans abri. Le moine dépensa de nouveau l'argent à la reconstruction de maisons pour ceux qui avaient tout perdu. Dix ans s'écoulèrent encore, il se remit à rassembler l'argent, et enfin le peuple japonais put lire le *Tao-tö-king*.

Les sages disent que, en réalité, ce moine a fait trois éditions du *Tao* : deux invisibles, et une imprimée. Il a cru en son utopie, il a livré le bon combat, il a gardé la foi en son objectif, mais il est resté attentif à son semblable. Qu'il en soit ainsi de nous tous : les livres invisibles, nés de la générosité envers notre prochain, sont parfois aussi importants que ceux qui occupent nos bibliothèques.

# De la charité menacée

Il y a quelque temps, à Ipanema, ma femme a aidé un touriste suisse, qui se disait victime de petits voleurs à la tire. Avec un accent prononcé, parlant très mal portugais, il affirmait qu'il était sans passeport, sans argent, qu'il n'avait plus où dormir.

Ma femme lui a payé un déjeuner, lui a donné la somme nécessaire pour qu'il puisse passer une nuit à l'hôtel le temps de contacter son ambassade, et il est parti. Quelques jours plus tard, un journal carioca annonçait que ce « touriste suisse » était en réalité un voyou créatif de plus, qui se donnait un accent imaginaire et abusait de la bonne foi de gens qui aiment Rio et désirent débarrasser notre ville de l'image négative qui est devenue – à tort ou à raison – sa carte postale.

En lisant l'information, ma femme a fait un seul commentaire : « Ce n'est pas cela qui va m'empêcher d'aider qui que ce soit. »

Son commentaire m'a rappelé l'histoire du sage qui, un après-midi, revint dans la cité d'Akbar. Les gens n'accordèrent pas grande importance à sa présence, et ses enseignements n'intéressèrent pas vraiment la population. Au bout d'un certain temps, il devint l'objet des risées et de l'ironie des habitants de la cité.

Un jour, alors qu'il se promenait dans la grande rue d'Akbar, un groupe d'hommes et de femmes commencèrent à l'insulter. Plutôt que de faire semblant d'ignorer ce qui se passait, le sage se dirigea vers eux, et il les bénit.

Un homme déclara :

« Aurions-nous, en plus, affaire à un sourd ? Nous crions des horreurs, et monsieur nous répond par de belles paroles !

— Chacun de nous ne peut offrir que ce qu'il a », répondit le sage.

# Les sorcières et le pardon

Le 31 octobre 2004, se prévalant d'une loi féodale qui fut abolie le mois suivant, la ville de Prestonpans, en Écosse, accorda le pardon officiel à 81 personnes exécutées pour pratique de sorcellerie au cours des XVIᵉ et XVIIᵉ siècles – ainsi qu'à leurs chats.

D'après le porte-parole officiel des barons de Prestoungrange et Dolphinstoun, « on avait condamné la plupart sans aucune preuve concrète – en se fondant uniquement sur les témoins de l'accusation, qui déclaraient sentir la présence d'esprits malins ».

Ce n'est pas la peine de rappeler ici tous les excès de l'Inquisition, avec ses chambres de torture et ses bûchers inspirés par la haine et la vengeance. Mais il y a un fait qui m'intrigue dans cette information.

La ville et le quatorzième baron de Prestoungrange et Dolphinstoun « accordent le pardon » à des personnes exécutées brutalement. Nous sommes en plein XXIᵉ siècle, et les descendants des vrais criminels, ceux qui ont tué des innocents, se jugent encore en droit de « pardonner ».

En attendant, une nouvelle chasse aux sorcières commence à gagner du terrain. Cette fois, l'arme n'est plus le fer rouge, mais l'ironie ou la répression. Tous ceux qui, développant un don (généralement découvert par hasard), osent parler de leur capacité, sont la plupart du temps regardés avec méfiance ; ou bien leurs parents, leurs maris, leurs épouses, leur interdisent de dire quoi que ce soit à ce sujet. Pour m'être intéressé très jeune à ce que l'on appelle les « sciences occultes », j'ai fini par entrer en contact avec beaucoup de ces personnes.

J'ai cru des charlatans, bien sûr. J'ai consacré mon temps et mon enthousiasme à des « maîtres » qui plus tard ont fait tomber le masque, montrant le vide total dans lequel ils se trouvaient. J'ai participé de manière irresponsable à certaines sectes, j'ai pratiqué des rituels et je l'ai payé très cher. Tout cela au nom d'une quête absolument naturelle chez l'homme : trouver la réponse au mystère de la vie.

Mais j'ai rencontré également nombre de gens qui étaient réellement capables de manier des forces qui dépassaient ma compréhension. J'ai vu le temps se modifier, par exemple. J'ai vu des opérations sans anesthésie, et une fois (justement un jour où je m'étais réveillé avec beaucoup de doutes concernant le pouvoir méconnu de l'homme) j'ai mis le doigt dans une incision faite avec un canif rouillé. Croyez-le si vous voulez – ou moquez-vous si c'est la seule manière de lire ce que je suis en train d'écrire –, j'ai vu du métal se transformer, des couverts se tordre, des lumières briller dans l'air autour de moi, parce que quelqu'un avait dit que cela allait arriver (et c'est arrivé). Il y avait presque toujours des témoins, en général peu convaincus. Dans la plupart des cas, ces témoins sont restés incrédules, pensant toujours que tout cela n'était qu'un « truc » bien élaboré. D'autres disaient que c'était « affaire du diable ». Finalement, rares étaient ceux qui croyaient se trouver en présence de phénomènes qui dépassaient la compréhension humaine.

J'ai pu voir tout cela au Brésil, en France, en Angleterre, en Suisse, au Maroc, au Japon. Et qu'arrive-t-il à la plupart des personnes qui réussissent, disons, à interférer dans les lois « immuables » de la nature ? La société les considère toujours comme des cas marginaux : si leurs auteurs ne peuvent pas les expliquer, alors ces phénomènes n'existent pas. La grande majorité de ces personnes ne comprennent pas non plus pourquoi elles sont capables de faire des choses surprenantes. Et redoutant d'être accusées de charlatanerie, elles finissent étouffées par leurs propres dons.

Aucune d'elles n'est heureuse. Elles attendent toutes le jour où elles seront prises au sérieux. Elles espèrent toutes une réponse scientifique à leurs propres pouvoirs (et, à mon avis, ce n'est pas la bonne voie). Beaucoup cachent leur potentiel, et finissent par souffrir – car elles pourraient aider le monde et n'y parviennent pas. Au fond, je crois qu'elles attendent aussi le « pardon officiel » pour leur différence.

En séparant le bon grain de l'ivraie, en ne nous laissant pas décourager par le fait qu'il existe beaucoup de charlatanerie, je pense que nous devons nous demander de nouveau : de quoi sommes-nous capables ?

Et, sereinement, aller à la recherche de notre immense potentiel.

## Au sujet du rythme et du Chemin

« Dans votre intervention au sujet du chemin de Saint-Jacques, vous n'avez pas abordé un point important », me dit une femme qui a fait le pèlerinage. Nous sortons de la Maison de la Galice, à Madrid, où, quelques minutes plus tôt, je viens de donner une conférence.

Certes, je n'avais pas envisagé tous les points, car mon intention était simplement de partager un peu mon expérience. Cependant, je l'invite à prendre un café, curieux de savoir ce qu'elle considère comme une omission importante.

Et Begoña – c'est son nom – me dit :

« J'ai noté que la plupart des pèlerins, sur le chemin de Saint-Jacques ou sur les chemins de la vie, cherchent toujours à suivre le rythme des autres.

« Au début de mon pèlerinage, je voulais suivre mon groupe. Je me fatiguais, j'exigeais de mon corps plus qu'il ne pouvait donner, j'étais toujours tendue, et j'ai fini par avoir des problèmes dans les tendons du pied gauche. Dans l'impossibilité de marcher pendant deux jours, j'ai compris que je ne pourrais arriver à Saint-Jacques que si j'obéissais à mon rythme personnel.

« J'ai mis plus de temps que les autres, j'ai dû marcher seule dans beaucoup d'étapes du chemin – mais si j'ai réussi à aller jusqu'au bout, c'est seulement parce que j'ai respecté mon propre rythme. Désormais j'applique cela à tout ce que je dois faire dans la vie : je respecte mon propre rythme. »

## Voyagez autrement

J'ai découvert très jeune que le voyage était pour moi la meilleure manière d'apprendre. J'ai gardé cette âme de pèlerin et j'ai décidé de relater dans ces lignes quelques-unes des leçons que j'ai apprises, espérant qu'elles pourraient être utiles à d'autres pèlerins comme moi.

1) *Évitez les musées*. Le conseil peut paraître absurde, mais réfléchissons un peu ensemble : si vous vous trouvez dans une ville étrangère, n'est-il pas beaucoup plus intéressant d'aller à la recherche du présent que du passé ? Il se trouve que les gens se sentent obligés d'aller dans les musées parce qu'ils ont appris tout petits que voyager, c'était aller à la rencontre de cette forme de culture. Il est clair que les musées sont importants, mais ils exigent du temps et de l'objectivité – vous devez savoir ce que vous désirez y voir, ou bien vous en sortirez avec l'impression que vous avez vu une quantité de choses fondamentales pour votre vie, mais dont vous ne vous souvenez déjà plus.

2) *Fréquentez les bars*. Là, contrairement aux musées, la vie de la ville se manifeste. Les bars ne sont pas des discothèques, mais des lieux où l'on va boire un verre, penser au temps, toujours prêt à

engager une conversation. Achetez un journal, et laissez-vous aller à contempler les allées et venues. Si quelqu'un se lance dans une discussion, aussi bête qu'en soit le sujet, accrochez-vous : on ne peut pas juger la beauté d'un chemin si l'on ne regarde que l'entrée.

3) *Soyez disponible.* Le meilleur guide touristique est quelqu'un qui habite sur place, connaît tout, est fier de sa ville, mais ne travaille pas dans une agence. Sortez dans la rue, choisissez la personne avec qui vous désirez parler, et demandez des informations (où se trouve telle cathédrale ? Où est la Poste ?). Si vous n'obtenez pas satisfaction, essayez avec quelqu'un d'autre – je vous assure qu'à la fin de la journée vous aurez trouvé une excellente compagnie.

4) *Voyagez seul ou avec votre compagnon ou compagne.* Ce sera plus difficile, personne ne prendra soin de vous, mais c'est le seul moyen de quitter vraiment votre pays. Les voyages en groupe sont une manière déguisée de se trouver dans un pays étranger tout en parlant sa langue maternelle, obéissant aux ordres du chef du troupeau, plus préoccupé des commérages du groupe que de l'endroit que l'on visite.

5) *Ne faites pas de comparaisons.* Ne comparez rien – ni les prix, ni la propreté, ni la qualité de vie, ni les moyens de transport, rien ! Vous ne voyagez pas pour vous prouver que vous vivez mieux que les autres – ce que vous voulez savoir, en réalité, c'est comment les autres vivent, ce qu'ils peuvent vous enseigner, comment ils affrontent la réalité et ce que la vie a d'extraordinaire.

6) *Comprenez que tout le monde vous comprend.* Même si vous ne parlez pas la langue, n'ayez pas

peur : je suis allé dans beaucoup d'endroits où je n'avais aucun moyen de communiquer par des mots, et finalement j'ai toujours trouvé du secours, mon chemin, des suggestions importantes, et même des petites amies. Certaines personnes pensent que, si elles voyagent seules, elles vont sortir dans la rue et se perdre à tout jamais. Il suffit d'avoir la carte de l'hôtel dans sa poche et, dans une situation extrême, de prendre un taxi et de la montrer au chauffeur.

7) *N'achetez pas trop.* Dépensez votre argent pour des souvenirs que vous n'aurez pas à transporter : de bonnes pièces de théâtre, des restaurants, des promenades. De nos jours, avec le marché global et Internet, vous pouvez tout avoir sans devoir payer un excédent de poids.

8) *N'essayez pas de voir le monde en un mois.* Mieux vaut rester dans une ville quatre ou cinq jours que de visiter cinq villes en une semaine. Une ville est une femme capricieuse, il lui faut du temps pour se laisser séduire et se découvrir complètement.

9) *Un voyage est une aventure.* Il est beaucoup plus important, disait Henry Miller, de découvrir une église dont personne n'a entendu parler, que d'aller à Rome et se sentir obligé de visiter la chapelle Sixtine avec deux cent mille touristes qui vous crient dans les oreilles. Allez à la chapelle Sixtine, mais autorisez-vous à vous perdre dans les rues, à marcher dans les ruelles, à sentir la liberté de chercher un objet qui vous est inconnu, mais que très certainement vous allez trouver et qui changera votre vie.

# Un conte de fées

Maria Emilia Voss, qui a fait le pèlerinage de Saint-Jacques, raconte l'histoire suivante :

Vers l'an 250 avant Jésus-Christ, dans la Chine ancienne, un prince de la région de Thing-Zda était sur le point d'être couronné empereur ; mais selon la loi, il devait d'abord se marier.

Comme il s'agissait de choisir la future impératrice, le prince devait trouver une jeune fille à qui il pût accorder une confiance aveugle. Conseillé par un sage, il décida de convoquer toutes les jeunes filles de la région, pour trouver celle qui en serait la plus digne.

Une vieille femme, servante du palais depuis des années, entendant parler des préparatifs en vue de l'audience, éprouva une grande tristesse, car sa fille nourrissait un amour secret pour le prince.

Rentrant chez elle, elle raconta le fait à la jeune fille ; elle eut la surprise d'entendre qu'elle avait l'intention de se présenter elle aussi.

La femme était désespérée :

« Que vas-tu faire là, ma fille ? Seules seront présentes les filles les plus belles et les plus riches de la cour. Retire-toi cette idée insensée de la tête ! Je sais bien que tu souffres, mais ne transforme pas la souffrance en folie ! »

Et la fille répondit :

« Mère chérie, je ne souffre pas et je suis encore moins devenue folle ; je sais que je ne pourrai jamais être choisie, mais c'est l'occasion de me trouver quelques instants au moins près du prince, cela me rend déjà heureuse – même si je sais que ce n'est pas mon destin. »

Le soir, quand la jeune fille arriva, se trouvaient effectivement au palais toutes les plus belles filles, portant les plus beaux vêtements, les plus beaux bijoux, et prêtes à se battre par tous les moyens pour l'opportunité qui leur était offerte.

Entouré de sa cour, le prince annonça la compétition :

« Je vais donner à chacune de vous une graine. Celle qui, dans six mois, m'apportera la fleur la plus belle, sera la future impératrice de Chine. »

La jeune fille prit sa graine, la planta dans un pot, et comme elle n'était pas très habile dans l'art du jardinage, elle soigna la terre avec beaucoup de patience et de tendresse – car elle pensait que si la beauté des fleurs se développait à la mesure de son amour, elle n'avait pas à s'inquiéter du résultat.

Trois mois passèrent et rien ne poussa. La jeune fille tenta un peu tout, parla avec des cultivateurs et des paysans qui lui enseignèrent les méthodes de culture les plus diverses, mais elle n'obtint aucun résultat. De jour en jour, elle sentait son rêve s'éloigner, bien que son amour demeurât aussi vif.

Finalement, les six mois écoulés, rien n'était sorti dans son pot. Sachant qu'elle n'avait rien à montrer, elle était cependant consciente de ses efforts et de son dévouement durant tout ce temps ; elle annonça donc à sa mère qu'elle retournerait au palais, à la date et à l'heure fixées. Dans son for intérieur, elle savait que ce serait là sa dernière rencontre avec son bien-aimé, et elle n'avait l'intention de la manquer pour rien au monde.

Le jour de la nouvelle audience arriva. La jeune fille se présenta avec son pot sans plante, et elle vit que toutes les autres prétendantes avaient obtenu de bons résultats ; leurs fleurs étaient plus belles les unes que les autres, de toutes formes et de toutes couleurs.

Enfin vint le moment attendu : le prince entra et observa chacune des prétendantes avec beaucoup de soin et d'attention. Après qu'il fut passé devant toutes, il annonça sa décision – et il désigna la fille de sa servante comme sa nouvelle épouse.

Tous les assistants se mirent à protester, disant qu'il avait choisi justement celle qui n'avait réussi à cultiver aucune plante.

C'est alors que, calmement, le prince expliqua la raison de ce défi :

« Elle seule a cultivé la fleur qui l'a rendue digne de devenir impératrice : la fleur de l'honnêteté. Toutes les graines que j'avais remises étaient stériles et ne pouvaient pousser en aucune façon. »

## Au plus grand écrivain brésilien

J'avais édité, avec mes propres ressources, un livre appelé *Les Archives de l'Enfer* (j'en suis très fier, et s'il n'est pas actuellement dans les librairies, c'est uniquement parce que je n'ai pas encore osé en faire une révision complète). Nous savons tous à quel point il est difficile de publier un ouvrage, mais il y a encore plus compliqué : faire en sorte qu'il soit placé dans les librairies. Toutes les semaines ma femme allait visiter les libraires d'un côté de la ville, et moi j'allais dans une autre région faire la même chose.

C'est ainsi que, des exemplaires de mon livre sous le bras, elle traversait l'avenue de Copacabana, et voilà que Jorge Amado et Zelia Gattai se trouvaient de l'autre côté de la chaussée ! Sans beaucoup réfléchir, elle les aborda et leur dit que son mari était écrivain. Jorge et Zelia (qui probablement devaient entendre cela tous les jours) la traitèrent très gentiment, l'invitèrent à prendre un café, lui demandèrent un exemplaire et finalement souhaitèrent que tout se passât bien pour ma carrière littéraire.

« Tu es folle », lui dis-je quand elle rentra à la maison. « Ne sais-tu pas qu'il est le plus grand écrivain brésilien ?

— Justement, répondit-elle. Quelqu'un qui arrive là où il est arrivé doit avoir le cœur pur. »

Les mots de Christina n'auraient pu être plus justes : le cœur pur. Et Jorge, l'écrivain brésilien le plus connu à l'étranger, était (et est) la grande référence dans notre littérature.

Mais un beau jour, *L'Alchimiste*, écrit par un autre Brésilien, entre sur la liste des meilleures ventes en France, et en quelques semaines occupe la première place.

Quelques jours plus tard, je reçois par la poste une coupure portant la liste, accompagnée d'une lettre affectueuse dans laquelle il me présente ses compliments. Jamais ne seraient entrés, dans le cœur pur de Jorge Amado, des sentiments comme la jalousie.

Certains journalistes – brésiliens et étrangers – commencent à le provoquer, lui posant des questions malicieuses. À aucun moment, Jorge ne se laisse emporter par la facilité d'une critique destructrice, et il devient mon défenseur dans un moment difficile pour moi, vu que la plupart des commentaires sur mon travail ont été très durs.

Je reçois enfin mon premier prix littéraire à l'étranger, en France plus précisément. Il se trouve que, le jour de la remise, je serai à Los Angeles à cause d'engagements pris antérieurement. Anne Carrière, mon éditrice, est désespérée. Elle parle avec les éditeurs américains, qui refusent de renoncer à mes conférences déjà programmées.

La date du prix approche, et le lauréat ne pourra pas venir ; que faire ? Anne, sans me consulter, appelle Jorge Amado et lui explique la situation.

Immédiatement, Jorge s'offre pour me représenter à la remise du prix.

Et il ne s'arrête pas là : il téléphone à l'ambassadeur du Brésil et l'invite, il fait un joli discours qui émeut tous les assistants.

Le plus curieux de tout cela, c'est que je ne devais connaître Jorge Amado personnellement qu'un an ou presque après la remise du prix. Mais son âme, j'avais appris à l'admirer comme j'admire ses livres : un écrivain célèbre qui ne méprise jamais les débutants, un Brésilien qui se réjouit du succès de ses compatriotes, un homme toujours prêt à apporter son aide quand on lui demande quelque chose.

# De la rencontre qui n'a pas eu lieu

Je crois que, au moins une fois par semaine, nous nous trouvons devant un étranger avec qui nous aimerions causer sans en avoir le courage. Il y a quelques jours, j'ai reçu une lettre à ce sujet, envoyée par un lecteur que j'appellerai Antonio. Je transcris ici quelques passages de son récit :

« Je me promenais sur la Gran Via quand j'ai aperçu une femme, toute petite, peau claire, bien habillée, qui demandait l'aumône à tous les passants. Dès que je me suis approché, elle a imploré quelques pièces pour un sandwich. Comme au Brésil les gens qui réclament portent toujours des vêtements vieux et sales, j'ai décidé de ne rien lui donner et j'ai passé mon chemin. Mais son regard m'a laissé une sensation étrange.

Je suis allé à l'hôtel, et j'ai soudain éprouvé une envie incompréhensible de retourner lui faire l'aumône – j'étais en vacances, je venais de déjeuner, j'avais de l'argent dans ma poche, et il devait être pour elle très humiliant de rester dans la rue, exposée aux regards de tous, à réclamer.

Je suis retourné à l'endroit où j'avais vu la femme. Elle n'était plus là, j'ai marché dans les rues voisines, rien. Le lendemain, j'ai repris ma pérégrination, mais je ne l'ai pas retrouvée.

À partir de ce jour, je n'ai plus réussi à dormir. Je suis rentré à Fortaleza, j'ai parlé avec une amie, elle m'a dit qu'une connexion importante ne s'était pas faite, que je devais demander l'aide de Dieu ; j'ai prié, et d'une certaine manière j'ai entendu une voix disant que je devais rencontrer de nouveau la mendiante. Je me réveillais toutes les nuits, pleurant beaucoup ; j'ai décidé que cela ne pouvait pas continuer, j'ai rassemblé l'argent, j'ai acheté un nouveau billet, et je suis retourné à Madrid à la recherche de la femme.

J'ai entrepris une quête sans fin, je ne faisais rien d'autre que la chercher, mais le temps passait et l'argent s'épuisait. J'ai dû me rendre dans une agence de voyages pour faire modifier mon billet – décidé que j'étais à ne rentrer au Brésil que lorsque j'aurais pu faire l'aumône que je n'avais pas faite.

Alors que je sortais de l'agence, heurtant une marche, j'ai été projeté vers quelqu'un : la femme que je cherchais.

D'un geste automatique, j'ai mis la main dans ma poche, j'ai retiré ce que j'avais et je le lui ai tendu ; j'ai ressenti une paix profonde, j'ai remercié Dieu pour ces retrouvailles sans paroles, pour cette seconde chance.

Je suis retourné en Espagne plusieurs fois, je sais que je ne la reverrai plus, mais j'ai accompli ce que demandait mon cœur. »

# Le couple qui souriait (Londres, 1977)

J'étais marié avec une jeune femme du nom de Cecilia, et – dans une période où j'avais décidé de laisser tomber tout ce qui ne me donnait pas d'enthousiasme – nous sommes allés vivre à Londres. Nous habitions au deuxième étage d'un petit appartement dans Palace Street, et nous avions beaucoup de mal à nous faire des amis. Tous les soirs, cependant, un jeune couple, sortant du pub voisin, passait devant notre fenêtre et nous faisait signe en criant de descendre.

Je m'inquiétais beaucoup de la réaction des voisins ; je ne descendais jamais, feignant de n'être pas concerné. Mais le couple répétait sans cesse son tapage, même quand il n'y avait personne à la fenêtre.

Un soir, je suis descendu et je me suis plaint du bruit. Immédiatement, le rire des deux jeunes gens est devenu tristesse ; ils se sont excusés, et ils sont partis. Alors, ce soir-là, je me suis rendu compte que, même si je voulais me faire des amis, j'étais surtout inquiet de « ce que les voisins allaient dire ».

J'ai décidé que la prochaine fois je les inviterais à monter boire un verre avec nous. Je suis resté une

semaine entière à la fenêtre, à l'heure où ils passaient habituellement, mais ils ne sont pas venus.
Je me suis mis à fréquenter le pub, espérant les voir,
mais le patron ne les connaissait pas.

J'ai mis une affichette sur la fenêtre, disant
« Appelez de nouveau ». Tout ce que j'ai obtenu,
c'est qu'un soir, une bande d'ivrognes s'est mise à
hurler tous les jurons possibles, et que la voisine
– pour qui je m'étais tellement inquiété – a fini par
se plaindre auprès du propriétaire.

Je ne les ai plus jamais vus.

## La seconde chance

« J'ai toujours été fasciné par l'histoire des livres sibyllins », expliquais-je à Mônica, mon amie et agent littéraire, tandis que nous voyagions en voiture vers le Portugal. « Il faut saisir les opportunités, sinon elles sont perdues à tout jamais. »

Les sibylles, des sorcières capables de prévoir l'avenir, vivaient dans la Rome antique. Un beau jour, l'une d'elles se présenta au palais de l'empereur Tibère avec neuf livres ; elle lui annonça que l'avenir de l'Empire était dedans et demanda dix talents d'or pour les textes. Tibère trouva que c'était très cher et ne voulut pas acheter.

La sibylle sortit, brûla trois livres et revint avec les six restants. « Cela fait dix talents d'or », dit-elle. Tibère rit, et il la renvoya ; comment osait-elle vendre six livres au même prix que neuf ?

La sibylle brûla encore trois livres et retourna voir Tibère avec les trois seuls volumes qui restaient : « Ils coûtent toujours dix talents d'or. » Intrigué, Tibère acheta finalement les trois volumes, et il ne put lire qu'une petite partie de l'avenir.

Quand j'ai fini de raconter l'histoire, je me suis rendu compte que nous passions par Ciudad Rodrigo, à la frontière entre l'Espagne et le Portugal.

Là, quatre ans auparavant, on m'avait proposé un livre, et je ne l'avais pas acheté.

« Arrêtons-nous. Je crois que si je me suis souvenu des livres sibyllins, c'était un signe pour corriger une erreur passée. »

Au cours de la première tournée pour la promotion de mes livres en Europe, j'avais décidé de déjeuner dans cette ville. Ensuite, je suis allé visiter la cathédrale, et j'ai rencontré un prêtre. « Voyez comme le soleil de l'après-midi rend tout plus beau à l'intérieur », a-t-il dit. J'ai aimé son commentaire, nous avons causé un peu, et il m'a guidé dans les autels, les cloîtres, les jardins intérieurs de l'édifice. À la fin, il m'a proposé un livre qu'il avait écrit sur l'église ; mais je n'ai pas voulu l'acheter. En sortant, je me suis senti coupable ; je suis écrivain, et j'étais en Europe pour tenter de vendre mon travail – pourquoi ne pas acheter le livre du prêtre, par solidarité ? Puis, j'ai oublié l'épisode. Jusqu'à ce moment.

J'ai arrêté la voiture ; Mônica et moi avons marché vers la place en face de l'église, où une femme regardait le ciel.

« Bonjour. Je suis venu ici voir un prêtre qui a écrit un livre sur cette église.

— Le prêtre, qui s'appelait Stanislau, est mort voilà un an », a-t-elle répondu.

J'ai ressenti une immense tristesse. Pourquoi n'avais-je pas donné au père Stanislau la joie que je ressentais quand je voyais quelqu'un avec un de mes livres ?

« C'était l'un des hommes les plus bienveillants que j'aie connu, a poursuivi la femme. Il venait d'une famille modeste, mais il a pu devenir spécialiste en archéologie ; il m'a aidée à obtenir pour mon garçon une bourse au collège. »

Je lui ai raconté ce que je faisais là.

« Ne vous faites pas de reproches inutiles, mon fils, a-t-elle dit. Allez visiter de nouveau la cathédrale. »

J'ai pensé que c'était un signe, et je lui ai obéi. Il y avait seulement un prêtre dans un confessionnal, attendant les fidèles qui ne venaient pas. Je me suis dirigé vers lui ; le prêtre m'a fait signe de m'agenouiller, mais je l'ai interrompu.

« Je ne veux pas me confesser. Je suis seulement venu acheter un livre sur cette église, écrit par un homme du nom de Stanislau. »

Le regard du prêtre s'est illuminé. Il est sorti du confessionnal et il est revenu quelques minutes plus tard avec un exemplaire.

« Quelle joie que vous soyez venu seulement pour cela ! a-t-il dit. Je suis le frère du père Stanislau, et j'en suis très fier ! Il doit être au ciel, content de voir que son travail a de l'importance ! »

Il y avait tellement de prêtres ici, et j'avais rencontré justement le frère de Stanislau. J'ai payé le livre, j'ai remercié, il m'a donné l'accolade. Au moment où j'allais sortir, j'ai entendu sa voix :

« Voyez comme le soleil de l'après-midi rend tout plus beau à l'intérieur ! »

C'étaient les mots que le père Stanislau avait prononcés quatre ans plus tôt. Il y a toujours une seconde chance dans la vie.

## L'Australien et l'annonce dans le journal

Je suis dans le port de Sydney, regardant le beau pont qui relie les deux parties de la ville, quand s'approche un Australien qui me demande de lire une annonce dans le journal.

« Ce sont des lettres très petites, dit-il. Je ne parviens pas à les distinguer. »

J'essaie, mais je n'ai pas mes lunettes de lecture. Je demande pardon à l'homme.

« Ce n'est pas grave, dit-il. Voulez-vous savoir ? Je pense que Dieu Lui aussi a la vue fatiguée. Non parce qu'Il est vieux, mais parce qu'Il a fait ce choix. Ainsi, quand quelqu'un se rend coupable d'une faute, Il ne voit pas très bien, et Il finit par pardonner, car Il ne veut pas commettre une injustice.

— Et quant aux bonnes choses ? je demande.

— Eh bien, Dieu n'oublie jamais ses lunettes à la maison », plaisante l'Australien, s'éloignant.

# Les pleurs du désert

Un de mes amis revient du Maroc avec une belle histoire.

Un missionnaire, arrivant à Marrakech, décida qu'il irait tous les matins se promener dans le désert qui se trouvait aux limites de la ville. Lors de sa première promenade, il remarqua un homme couché dans le sable, d'une main caressant le sol, l'oreille collée à la terre.

« C'est un fou », se dit-il.

Mais la scène se répéta tous les jours et, au bout d'un mois, intrigué par ce comportement étrange, il décida de s'adresser à l'étranger. Il s'agenouilla à côté de lui et, avec une grande difficulté – il ne parlait pas encore l'arabe couramment –, lui demanda :

« Que faites-vous ?

— Je tiens compagnie au désert, et je le console de sa solitude et de ses larmes.

— Je ne savais pas que le désert pouvait pleurer.

— Il pleure tous les jours, car il rêve de se rendre utile à l'homme et de se transformer en un immense jardin, où l'on pourrait cultiver des céréales et des fleurs, et élever des moutons.

— Alors, dites au désert qu'il accomplit bien sa mission, déclara le missionnaire. Chaque fois que je marche par ici, je comprends la vraie dimension de l'être humain, car son espace ouvert me permet de voir comme nous sommes petits devant Dieu.

« Quand je regarde ses sables, j'imagine les millions de personnes qui sont nées égales, même si le monde n'est pas toujours juste avec tous. Ses montagnes m'aident à méditer. Quand je vois le soleil se lever à l'horizon, mon âme s'emplit de joie, et je m'approche du Créateur. »

Le missionnaire quitta l'homme et retourna à ses occupations quotidiennes. Quelle ne fut pas sa surprise, le lendemain matin, quand il le trouva au même endroit, et dans la même position.

« Avez-vous rapporté au désert tout ce que je vous avais dit ? » demanda-t-il.

L'homme acquiesça de la tête.

« Et cependant il continue à pleurer ?

— J'entends chacun de ses sanglots. Maintenant il pleure parce qu'il a pensé durant des milliers d'années qu'il était totalement inutile, et qu'il a perdu tout ce temps à blasphémer contre Dieu et son destin.

— Alors dites-lui que l'être humain, même si sa vie est beaucoup plus courte, passe aussi beaucoup de temps à penser qu'il est inutile. Il découvre rarement la raison de son destin, et il croit que Dieu a été injuste envers lui. Quand arrive enfin le moment où un événement lui montre pourquoi il est né, il pense qu'il est trop tard pour changer de vie, et il continue à souffrir. Et comme le désert, il se reproche le temps perdu.

— Je ne sais pas si le désert entendra, dit l'homme. Il est habitué à la douleur, et il ne peut pas voir les choses autrement.

— Alors nous allons faire ce que je fais toujours quand je sens que les gens ont perdu l'espoir. Nous allons prier. »

Tous deux se mirent à genoux et prièrent ; l'un se tourna vers La Mecque parce qu'il était musulman, l'autre joignit les mains en prière, parce qu'il était catholique. Ils prièrent chacun son Dieu, qui fut toujours le même Dieu, bien que l'on persiste à lui donner des noms différents.

Le lendemain, quand le missionnaire reprit sa promenade matinale, l'homme n'était plus là. À l'endroit où il avait coutume d'embrasser le sable, le sol semblait humide, car une petite source était apparue. Dans les mois qui suivirent, cette source grandit, et les habitants de la ville construisirent un puits autour.

Les Bédouins appellent l'endroit le « Puits des larmes du désert ». Celui qui boira de son eau, disent-ils, saura faire de la cause de sa souffrance un motif de joie et finira par trouver son vrai destin.

# Rome : Isabella revient du Népal

Je rencontre Isabella dans un restaurant où nous allons souvent parce qu'il est toujours vide, bien que la nourriture y soit excellente. Elle me raconte qu'elle a passé, durant son voyage au Népal, quelques semaines dans un monastère. Un après-midi, alors qu'elle se promenait dans les environs avec un moine, ce dernier a ouvert le sac qu'il portait et est resté un long moment à regarder son contenu. Puis il a déclaré à mon amie :

« Savez-vous que les bananes peuvent vous enseigner la signification de l'existence ? »

Il a retiré de son sac une banane pourrie, et il l'a jetée.

« Celle-là, c'est la vie qui est passée, on n'en a pas profité au bon moment, et maintenant il est trop tard. »

Ensuite, il a pris dans le sac une banane encore verte, la lui a montrée et l'a rangée.

« Celle-là, c'est la vie qui n'est pas encore arrivée, il faut attendre le bon moment. »

Enfin, il a sorti une banane mûre, l'a épluchée, et l'a partagée avec Isabella.

« Celle-ci, c'est le moment présent. Sachez la dévorer sans crainte ni culpabilité. »

# De l'art de l'épée

Il y a des siècles, au temps des samouraïs, fut écrit au Japon un texte sur l'art spirituel du maniement de l'épée : *La Compréhension impassible* – connu également comme *Le Traité de Tahlan*, du nom de son auteur (qui était en même temps maître d'escrime et moine zen). J'en ai adapté dans les lignes qui suivent quelques passages.

*Garder son calme* : Celui qui comprend le sens de la vie sait que rien n'a de commencement et que rien n'a de fin, par conséquent il n'est pas angoissé. Il lutte pour ses convictions sans vouloir rien prouver à personne, gardant le calme silencieux de celui qui a eu le courage de choisir son destin.

Cela vaut pour l'amour et pour la guerre.

*Laisser parler le cœur* : Celui qui a confiance dans son pouvoir de séduction, dans sa capacité de dire les choses au bon moment, dans l'usage correct de son corps, reste sourd à « la voix du cœur ». Nous ne pouvons entendre cette voix que lorsque nous sommes en parfaite harmonie avec le monde qui nous entoure, jamais quand nous nous prenons pour le centre de l'univers.

Cela vaut pour l'amour et pour la guerre.

*Apprendre à être l'autre* : Nous sommes tellement centrés sur ce que nous croyons être la meilleure attitude que nous oublions une chose très importante : pour atteindre nos objectifs, nous avons besoin des autres. Aussi est-il nécessaire non seulement d'observer le monde, mais de nous imaginer dans la peau des autres et de savoir accompagner leurs pensées.

Cela vaut pour l'amour et pour la guerre.

*Rencontrer le bon maître* : Nous croiserons toujours sur notre chemin beaucoup de gens qui, par amour ou par orgueil, voudront nous enseigner quelque chose. Comment distinguer l'ami du manipulateur ? La réponse est simple : le vrai maître n'est pas celui qui enseigne à son élève un chemin idéal, mais celui qui lui montre les nombreuses voies d'accès vers la route qu'il devra parcourir pour rencontrer son destin. À partir du moment où il trouve cette route, le maître ne peut plus l'aider, car les défis qu'il doit relever sont uniques.

Cela ne vaut ni pour l'amour, ni pour la guerre, mais si nous ne comprenons pas cet article, nous n'arriverons nulle part.

*Échapper aux menaces* : Nous pensons très souvent que l'attitude idéale consiste à donner sa vie pour un rêve. Rien n'est plus faux. Pour atteindre un rêve, nous devons nous garder en vie, il est donc obligatoire de savoir éviter ce qui nous menace. Plus nos pas sont prémédités, plus nous avons de chances de nous tromper – car nous ne prenons pas en considération les autres, les enseignements de la vie, la passion et le calme. Plus nous croirons que nous avons le contrôle, plus loin nous serons de contrôler quoi que ce soit. Une menace ne prévient

pas, et une réaction rapide ne peut être program-
mée comme une promenade le dimanche après-
midi.

Si vous voulez entrer en harmonie avec votre
amour ou avec votre combat, apprenez donc à réa-
gir rapidement. Apprenez à observer, ne laissez pas
votre supposée expérience de la vie faire de vous
une machine : utilisez cette expérience pour écouter toujours la « voix du cœur ». Même si vous n'êtes
pas d'accord avec ce que dit cette voix, respectez-la
et suivez ses conseils : elle connaît le meilleur
moment d'agir, et le moment d'éviter l'action.

Cela aussi vaut pour l'amour et pour la guerre.

## Dans les montagnes Bleues

Dès le lendemain de mon arrivée en Australie, mon éditeur m'emmène dans une réserve naturelle près de la ville de Sydney. Là se trouvent, au milieu des forêts qui recouvrent l'endroit connu sous le nom de montagnes Bleues, trois formations rocheuses en forme d'obélisque.

« Ce sont les Trois Sœurs », explique mon éditeur, et il me raconte la légende suivante :

Un sorcier se promenait avec ses trois sœurs quand s'approcha le plus célèbre guerrier de l'époque.

« Je veux épouser l'une de ces belles filles, dit-il.

— Si l'une d'elles se marie, les deux autres vont se croire laides. Je cherche une tribu dans laquelle les guerriers peuvent avoir trois femmes », répondit le sorcier, en s'éloignant.

Et pendant des années, il parcourut le territoire australien, mais il ne trouva jamais cette tribu.

« Au moins l'une de nous aurait pu être heureuse », dit l'une des sœurs, alors qu'elles étaient déjà vieilles et fatiguées de tant marcher.

« J'ai eu tort, répondit le sorcier. Mais à présent il est trop tard. »

Et il transforma les trois sœurs en blocs de pierre, pour faire comprendre à qui passerait par là que le bonheur de l'un ne signifie pas le malheur des autres.

# Le goût du profit

Arash Hejazi, mon éditeur iranien, raconte l'histoire d'un homme qui, en quête de sainteté, décida de monter sur une haute montagne, emportant seulement le vêtement qu'il avait sur lui, et d'y rester à méditer le restant de sa vie.

Il comprit bientôt qu'un vêtement ne suffisait pas, car il se salissait très vite. Il descendit de la montagne, se rendit au village le plus proche, et demanda d'autres habits. Comme tout le monde savait que l'homme était en quête de sainteté, on lui offrit un nouveau pantalon et une chemise.

L'homme remercia et remonta jusqu'à l'ermitage qu'il était en train de construire au sommet du mont. Il passait ses nuits à élever les murs, le jour, il se livrait à la méditation, mangeait les fruits des arbres et buvait l'eau d'une source voisine.

Au bout d'un mois, il découvrit qu'un rat rongeait sans cesse les vêtements de rechange qu'il laissait à sécher. Comme il voulait rester concentré sur son devoir spirituel, il redescendit jusqu'au hameau, et il demanda qu'on lui trouvât un chat. Les habitants, respectant sa quête, accédèrent à sa demande.

Sept jours plus tard, le chat était quasi mort d'inanition, car il ne pouvait pas se nourrir de fruits, et il n'y avait plus de rat dans la place. L'homme retourna au village chercher du lait ; comme les paysans savaient que ce n'était pas pour lui – en fin de compte, il résistait sans rien manger d'autre que ce que la nature lui offrait –, ils l'aidèrent encore une fois.

Le chat vint rapidement à bout du lait, si bien que l'homme demanda qu'on lui prêtât une vache. Comme la vache donnait plus de lait que nécessaire, il se mit à en boire lui aussi, pour ne pas gaspiller. En peu de temps – respirant l'air de la montagne, mangeant des fruits, méditant, buvant du lait et faisant de l'exercice – il devint d'une beauté parfaite. Une jeune fille, qui était montée sur la montagne pour chercher un mouton, tomba amoureuse de lui et le convainquit qu'il avait besoin d'une épouse pour s'occuper des tâches ménagères pendant qu'il méditait en paix.

Trois ans plus tard, l'homme était marié, il avait deux enfants, trois vaches, un verger d'arbres fruitiers, et il dirigeait un lieu de méditation ; tous ceux qui voulaient connaître le miraculeux « temple de l'éternelle jeunesse » devaient s'inscrire sur une gigantesque liste d'attente. Quand on lui demandait comment tout cela avait commencé, il disait :

« Deux semaines après mon arrivée ici, je n'avais que deux pièces de vêtement. Un rat a commencé à en ronger une, et… »

Mais personne ne s'intéressait à la fin de l'histoire ; tous avaient la certitude qu'il était un homme d'affaires rusé, qui essayait d'inventer une légende pour pouvoir augmenter encore le prix du séjour au temple.

# La cérémonie du thé

Au Japon, j'ai participé à la célèbre « cérémonie du thé ». On entre dans une petite pièce, le thé est servi, et c'est tout. Si ce n'est que tout est fait avec un tel rituel et un tel protocole qu'une pratique quotidienne devient un moment de communion avec l'Univers.

Le maître du thé, Okakura Kakuzo, explique ce qui se passe :

« La cérémonie du thé, c'est l'adoration du beau et du simple. Tout votre effort se concentre sur la tentative d'atteindre le Parfait à travers des gestes imparfaits de la vie quotidienne. Toute sa beauté consiste dans le respect avec lequel elle est réalisée. »

Si une simple rencontre pour boire du thé peut nous transporter jusqu'à Dieu, il est bon d'être attentif aux dizaines d'autres opportunités que nous offre une seule journée.

# Le nuage et la dune

« Tout le monde sait que la vie des nuages est très mouvementée, mais aussi très courte », écrit Bruno Ferrero.

Et voici encore une histoire :

Un jeune nuage naquit au milieu d'une grande tempête en mer Méditerranée. Mais il n'eut pas le temps d'y grandir ; un vent puissant poussa tous les nuages vers l'Afrique.

À peine avaient-ils gagné le continent que le climat changea : un soleil généreux brillait dans le ciel, et au-dessous s'étendait le sable doré du désert du Sahara. Le vent continua de les pousser vers les forêts du Sud, vu que dans le désert il ne pleut pas, ou presque.

Cependant, ce qui arrive aux jeunes humains arrive aussi aux jeunes nuages : il décida de s'éloigner de ses parents et de ses amis plus âgés, pour connaître le monde.

« Que fais-tu ? protesta le vent. Le désert est le même partout ! Rejoins la formation, et allons jusqu'au centre de l'Afrique, où il y a des montagnes et des arbres extraordinaires ! »

Mais le jeune nuage, d'une nature rebelle, n'obéit pas ; peu à peu, il perdit de l'altitude, et il réussit à planer sur une brise douce, généreuse, près des sables dorés. Après une longue promenade, il s'aperçut qu'une dune lui souriait.

Il vit qu'elle aussi était jeune, formée récemment par le vent qui venait de passer. Il tomba amoureux sur-le-champ de sa chevelure dorée.

« Bonjour, dit-il. Comment est la vie en bas ?

— J'ai la compagnie des autres dunes, du soleil, du vent, et des caravanes qui de temps en temps passent par ici. Il fait parfois très chaud, mais c'est supportable. Et comment est la vie là-haut ?

— Il y a aussi le vent et le soleil, mais l'avantage, c'est que je peux me promener dans le ciel et connaître beaucoup de choses.

— Pour moi la vie est courte, dit la dune. Quand le vent reviendra des forêts, je disparaîtrai.

— Et cela t'attriste ?

— Cela me donne l'impression de ne servir à rien.

— Je ressens la même chose. Dès que passera un vent nouveau, j'irai vers le sud et je me transformerai en pluie ; mais c'est mon destin. »

La dune hésita un peu, puis déclara :

« Sais-tu qu'ici, dans le désert, nous appelons la pluie Paradis ?

— Je ne savais pas que je pouvais devenir si important, dit fièrement le nuage.

— J'ai entendu des légendes racontées par les vieilles dunes. Elles disent qu'après la pluie nous sommes couvertes d'herbes et de fleurs. Mais je ne saurai jamais ce que c'est, parce que dans le désert il pleut très rarement. »

À son tour le nuage hésita. Mais bien vite un large sourire lui revint.

« Si tu veux, je peux te couvrir de pluie. Je viens d'arriver, mais je suis amoureux de toi, et j'aimerais rester ici pour toujours.

— Quand je t'ai vu pour la première fois dans le ciel, moi aussi je suis tombée amoureuse, dit la dune. Mais si tu transformes en pluie ta belle chevelure blanche, tu vas en mourir.

— L'amour ne meurt jamais, répliqua le nuage. Il se transforme ; et je veux te montrer le Paradis. »

Et il commença à caresser la dune de petites gouttes ; ainsi ils demeurèrent ensemble très longtemps, jusqu'au moment où apparut un arc-en-ciel.

Le lendemain, la petite dune était couverte de fleurs.

D'autres nuages qui se dirigeaient vers l'Afrique, croyant que se trouvait là une partie de la forêt qu'ils cherchaient, déversèrent leur pluie. Vingt ans plus tard, la dune était devenue une oasis, et les voyageurs se rafraîchissaient à l'ombre de ses arbres.

Tout cela parce qu'un jour un nuage amoureux n'avait pas craint de donner sa vie par amour.

## Norma et les bonnes choses

À Madrid vit Norma, une Brésilienne très spéciale. Les Espagnols l'appellent la « mémé taillée dans le roc » ; elle a plus de soixante ans, travaille dans plusieurs endroits en même temps, et ne cesse d'organiser des promotions, des fêtes, des concerts.

Un jour, sur le coup de quatre heures du matin, alors que je n'en pouvais plus de fatigue, j'ai demandé à Norma d'où elle tirait une telle énergie.

« J'ai un calendrier magique. Si tu veux, je peux te montrer. »

Le lendemain après-midi, je suis allé chez elle. Elle a pris un vieil almanach, tout griffonné.

« Bon, aujourd'hui, c'est la découverte du vaccin contre la polio, a-t-elle déclaré. Faisons la fête, parce que la vie est belle. »

Norma avait copié, sur chaque jour de l'année, une bonne chose qui s'était passée à cette date. Pour elle, la vie était toujours un motif de joie.

# 21 juin 2003, Jordanie, mer Morte

À la table voisine de la mienne se trouvaient le roi et la reine de Jordanie, le secrétaire d'État Colin Powell, le représentant de la Ligue arabe, le ministre israélien des Affaires étrangères, le président de la république d'Allemagne, le président afghan Hamid Karzai, et d'autres personnalités engagées dans la guerre et dans le processus de paix auxquels nous assistons actuellement. Bien que la température approchât les 40 °C, une douce brise soufflait sur le désert, un pianiste jouait des sonates, le ciel était clair, des torches répandues dans le jardin illuminaient l'endroit. De l'autre côté de la mer Morte, nous pouvions voir Israël, et la lueur des lumières de Jérusalem à l'horizon. Tout paraissait en harmonie et en paix – et soudain je me suis rendu compte que ce moment, loin d'être une aberration de la réalité, était en vérité un rêve que nous faisions tous. Bien que mon pessimisme eût beaucoup augmenté au cours des derniers mois, si les gens parvenaient encore à se parler, rien n'était perdu. Plus tard la reine Rania allait déclarer que le lieu de la rencontre avait été choisi pour son caractère symbolique : la mer Morte est le point le plus bas sur la Terre (en l'occurrence, 401 mètres au-dessous du niveau de la

mer). Pour aller plus profond encore, il faut plonger
– mais alors, la salinité de l'eau force le corps à
remonter à la surface. Et il en va ainsi du long et
douloureux processus de paix au Moyen-Orient : on
ne peut pas aller plus bas que l'état actuel. Si j'avais
allumé la télévision ce jour-là, j'aurais appris la
mort d'un colon juif et d'un jeune Palestinien. Mais
j'étais là, à ce dîner, avec l'étrange sensation que le
calme de cette nuit pouvait s'étendre à toute la
région, que les gens se remettraient à parler comme
ils parlaient alors ; l'utopie est possible, les hommes
ne peuvent pas s'enfoncer davantage.

Si vous avez un jour l'occasion de vous rendre
au Moyen-Orient, ne manquez pas de visiter la
Jordanie (un pays merveilleux et accueillant),
d'aller voir la mer Morte, de regarder Israël sur
l'autre rive : vous comprendrez que la paix est
nécessaire et possible.

Voici une partie du texte que j'ai écrit et lu au
cours de l'événement, accompagné par une impro-
visation du génial violoniste juif Ivry Gitlis :

*Paix ne veut pas dire le contraire de Guerre.*

*Nous pouvons avoir la paix dans le cœur même au
milieu des batailles les plus féroces, parce que nous
luttons pour nos rêves. Quand tous nos amis ont déjà
perdu l'espoir, la paix du Bon Combat nous aide à
aller de l'avant.*

*Une mère qui peut nourrir son enfant a la paix
dans les yeux, même si ses mains tremblent parce que
la diplomatie a échoué, que les bombes tombent, que
les soldats meurent.*

*Un archer qui ouvre son arc a la paix dans l'esprit,
même si tous ses muscles sont tendus par l'effort physique.*

*Par conséquent, pour les guerriers de la lumière, paix n'est pas l'opposé de guerre – car ils savent :*

*A) Distinguer ce qui est passager de ce qui est durable. Ils peuvent lutter pour leurs rêves et pour leur survie, mais ils respectent les liens qui se sont développés avec le temps, la culture et la religion.*

*B) Reconnaître que leurs adversaires ne sont pas nécessairement leurs ennemis.*

*C) Être conscients que leurs actions auront des répercussions sur cinq générations futures, et que ce seront leurs enfants et leurs petits-enfants qui bénéficieront des conséquences (ou en souffriront).*

*D) Se rappeler ce que dit le Yi-king : la persévérance est favorable. Mais sans confondre persévérance et insistance – les batailles qui durent plus qu'il ne le faut finissent par détruire l'enthousiasme nécessaire à la reconstruction.*

*Pour le guerrier de la lumière, il n'y a pas d'abstractions ; chaque occasion de se transformer est une occasion de transformer le monde.*

*Pour le guerrier de la lumière, il n'y a pas non plus de pessimisme. Il rame contre la marée si c'est nécessaire ; quand il sera vieux et fatigué, il pourra dire à ses petits-enfants qu'il est venu au monde pour mieux comprendre son voisin, et non pour condamner son frère.*

## Dans le port de San Diego, Californie

J'étais en train de converser avec une femme de la Tradition de la Lune – une sorte de groupe d'initiation féminine travaillant en harmonie avec les forces de la nature.

« Voulez-vous toucher une mouette ? me demanda-t-elle, regardant les oiseaux sur le parapet de l'embarcadère.

— Bien sûr. J'ai tenté quelquefois d'en toucher une, mais dès que je m'approchais, elle s'envolait.

— Essayez d'éprouver de l'amour pour elle. Ensuite, faites jaillir cet amour de votre cœur comme un faisceau de lumière pour qu'il atteigne le cœur de la mouette. Et approchez-vous calmement. »

J'ai obéi. À deux reprises je n'ai pas réussi, mais la troisième fois, comme si j'étais entré en « transe », j'ai pu toucher la mouette. J'ai répété la « transe », et j'ai obtenu le même résultat positif.

« L'amour crée des ponts là où ils paraissent impossibles », a dit mon amie sorcière.

Je raconte ici l'expérience, pour qui veut essayer.

# L'art du retrait

*Un guerrier de la lumière qui se fie trop à son intelligence finit par sous-estimer le pouvoir de l'adversaire.*

Il ne faut pas oublier qu'il y a des moments où la force est plus efficace que la sagacité. Et quand nous sommes face à un certain type de violence, il n'y a pas de lumière, d'argument, d'intelligence ou de charme qui puisse empêcher la tragédie.

C'est pourquoi le guerrier ne sous-estime jamais la force brute : quand elle est d'une agressivité irrationnelle, il se retire du champ de bataille – jusqu'à ce que l'ennemi ait épuisé son énergie.

Cependant, il est bon que ceci soit clair : un guerrier de la lumière ne se montre jamais lâche. La fuite peut être un excellent moyen de défense, mais on ne peut pas y recourir sous l'effet de la peur.

Dans le doute, le guerrier préfère affronter la défaite et ensuite soigner ses blessures – il sait que s'il fuit, il donne à l'agresseur plus de pouvoir que celui-ci ne le mérite.

Il peut soigner la souffrance physique, mais sa fragilité spirituelle le poursuivra éternellement. Devant certains moments difficiles et douloureux, le guerrier affronte la situation défavorable avec héroïsme, résignation et courage.

Pour atteindre l'état d'esprit nécessaire (puisqu'il aborde une lutte à son désavantage et risque de beaucoup souffrir), le guerrier doit comprendre exactement ce qui pourra lui faire du mal. Okakura Kakuzo commente dans son livre sur le rituel japonais du thé :

« Nous ne voyons pas la méchanceté chez les autres, parce que nous connaissons la méchanceté à travers notre comportement. Nous ne pardonnons jamais à ceux qui nous portent préjudice, parce que nous pensons que nous ne serions jamais pardonnés. Nous disons la vérité douloureuse à notre prochain, car nous voulons nous la cacher à nous-même. Nous montrons notre force, pour que personne ne puisse voir notre fragilité.

« Ainsi, chaque fois que tu jugeras ton frère, aie conscience que c'est toi qui es au tribunal. »

Cette conscience permet parfois d'éviter une lutte qui n'apportera que des désavantages. Mais dans certains cas, il n'y a d'autre issue que le combat inégal.

Nous savons que nous allons perdre, mais l'ennemi, la violence, ne nous a laissé aucun choix – sauf la lâcheté, et cela ne nous intéresse pas. À ce moment-là, il faut accepter le destin, en gardant à l'esprit un texte de la fabuleuse Bhagavad-Gita (chapitre II, 16-26) :

« L'homme ne naît pas, et il ne meurt jamais. Il s'efforce d'exister, il ne cessera jamais de le faire, car il est éternel et permanent.

« De même qu'un homme se débarrasse des vêtements usés et se met à porter des vêtements neufs, l'âme se débarrasse du vieux corps et assume le corps neuf.

« Mais elle est indestructible ; les épées ne peuvent la couper, le feu ne la brûle pas, l'eau ne la mouille pas, le vent ne l'assèche jamais. Elle est au-delà de la puissance de tous ces éléments.

« Comme l'homme est indestructible, il est toujours victorieux (même dans ses défaites), et pour cette raison ne doit jamais se lamenter. »

## En pleine guerre

Le cinéaste Rui Guerra me raconte qu'il se trouvait un soir dans une maison dans l'intérieur du Mozambique, s'entretenant avec des amis. Le pays était en guerre, de sorte que tout manquait – de l'essence à l'éclairage.

Pour passer le temps, ils commencèrent à parler de ce qu'ils aimeraient manger. Chacun annonça son plat préféré, puis vint le tour de Rui.

« J'aimerais manger une pomme », dit-il, sachant qu'il était impossible de trouver des fruits à cause du rationnement.

À ce moment précis, on entendit un bruit. Et une belle pomme, brillante, succulente, entra en roulant dans la salle et s'arrêta devant lui !

Plus tard, Rui découvrit que l'une des filles qui vivaient dans cette maison était sortie pour chercher des fruits au marché noir. En montant l'escalier à son retour, elle s'était cognée et était tombée ; le sac de pommes qu'elle avait acheté s'était ouvert, et l'une d'elles avait roulé à l'intérieur de la salle.

Coïncidence ? Eh bien, ce serait un mot très pauvre pour expliquer cette histoire.

# Le militaire dans la forêt

En grimpant un sentier dans les Pyrénées à la recherche d'un endroit où je pourrais pratiquer le tir à l'arc, je suis tombé sur un petit campement de l'armée française. Les soldats m'ont regardé, j'ai fait semblant de ne rien voir (nous avons tous un peu cette crainte paranoïaque d'être pris pour des espions…) et j'ai poursuivi ma route.

J'ai trouvé l'endroit idéal, j'ai fait les exercices préparatoires de respiration, et alors j'ai vu s'approcher un véhicule blindé. Immédiatement sur la défensive, j'ai préparé toutes les réponses possibles aux questions qui me seraient posées : j'ai la permission de me servir de l'arc, l'endroit est sûr, il appartient aux gardes forestiers d'affirmer le contraire, non à l'armée, etc.

Mais voilà qu'un colonel bondit du véhicule, me demande si c'est moi l'écrivain et me rapporte certains faits très intéressants sur la région.

Et puis, surmontant sa timidité presque visible, il dit que lui aussi a écrit un livre : et il me raconte la curieuse genèse de son travail.

Lui et sa femme faisaient des dons pour une enfant lépreuse d'origine indienne, qui avait été envoyée en France. Un beau jour, curieux de connaître la petite, ils se rendirent au couvent où les religieuses étaient chargées de prendre soin d'elle. Ce fut un bel après-midi, et à la fin une sœur lui demanda d'apporter son aide à l'éducation spirituelle du groupe d'enfants qui vivait là. Jean-Paul Sétau (c'est le nom du militaire) dit qu'il n'avait aucune expérience dans les cours de catéchisme, mais qu'il allait méditer et demander à Dieu ce qu'il pouvait faire.

Cette nuit-là, après ses prières, il entendit la réponse : « Au lieu de donner des réponses, essayez de savoir quelles sont les questions que les enfants veulent poser. »

Dès lors, Sétau eut l'idée de visiter plusieurs écoles, et de faire écrire aux enfants tout ce qu'ils aimeraient savoir sur la vie. Il demanda que les questions soient posées par écrit, afin que les plus timides n'aient pas peur de se manifester. Le résultat de son travail fut rassemblé dans un livre, *L'Enfant qui posait toujours des questions (Éd. ALTESS, Paris).*

Voici quelques-unes des questions :

*Où allons-nous après la mort ?*

*Pourquoi avons-nous peur des étrangers ?*

*Les martiens et les extraterrestres existent-ils ?*

*Pourquoi des accidents arrivent-ils, même à des gens qui croient en Dieu ?*

*Que signifie Dieu ?*

*Pourquoi naissons-nous, si nous mourons à la fin ?*

*Combien d'étoiles y a-t-il dans le ciel ?*

*Qui a inventé la guerre et le bonheur ?*

*Le Seigneur écoute-t-il aussi ceux qui ne croient pas au même Dieu (catholique) ?*

*Pourquoi y a-t-il des pauvres et des malades ?*

*Pourquoi Dieu a-t-il créé les moustiques et les mouches ?*

*Pourquoi l'ange gardien n'est-il pas près de nous quand nous sommes tristes ?*

*Pourquoi aimons-nous certaines personnes, et en détestons-nous d'autres ?*

*Qui a donné un nom aux couleurs ?*

*Si Dieu est dans le ciel et que ma mère y est aussi parce qu'elle est morte, comment Lui peut-il être vivant ?*

Puissent certains professeurs ou parents, lisant ces lignes, se sentir encouragés à faire la même chose. Ainsi, au lieu de tenter d'imposer notre compréhension adulte de l'univers, nous finirons par nous remémorer quelques-unes des questions de notre enfance – auxquelles en réalité nous n'avons jamais répondu.

## Dans une ville d'Allemagne

« Regarde ce monument intéressant », dit Robert.

Le soleil de fin d'automne commence à se coucher. Nous sommes dans une ville en Allemagne.

« Je ne vois rien, je réponds. Seulement une place vide.

— Le monument est sous tes pieds », insiste Robert.

Je regarde par terre : le pavement est fait de dalles égales, sans aucune décoration particulière. Je ne veux pas décevoir mon ami, mais je ne vois rien d'autre sur cette place.

Robert explique :

« Il s'appelle le *Monument invisible*. Le nom d'un lieu où des juifs sont morts est gravé au bas de chacune de ces pierres. Des artistes anonymes ont créé cette place au cours de la Seconde Guerre mondiale, et ils ajoutaient des dalles à mesure que de nouveaux lieux d'extermination étaient dénoncés.

« Même si personne ne le voyait, le témoignage se trouvait là, et plus tard on finirait par découvrir la vérité sur le passé. »

# Rencontre à la galerie Dentsu

Trois hommes, très bien habillés, se sont présentés à mon hôtel à Tokyo.

« Hier, vous avez donné une conférence à la galerie Dentsu, dit l'un d'eux. Je suis entré par hasard. À ce moment, vous expliquiez qu'aucune rencontre n'a lieu fortuitement. Peut-être est-ce le moment de nous présenter. »

Je n'ai pas demandé comment ils avaient découvert l'hôtel où j'étais descendu, je n'ai pas posé de question ; si les gens sont capables de surmonter ces difficultés, ils méritent le respect. L'un des trois hommes m'a remis quelques livres de calligraphie japonaise. Mon interprète était tout excitée : ce monsieur était Kazuhito Aida, le fils d'un grand poète japonais dont je n'avais jamais entendu parler.

Et c'est justement le mystère de la synchronie des rencontres qui m'a permis de connaître, de lire et de partager avec les lecteurs de ces pages un peu du magnifique travail de Mitsuo Aida (1924-1991), calligraphe et poète, dont les textes nous renvoient à l'importance de l'innocence :

*Parce qu'elle a vécu intensément sa vie*
*L'herbe sèche attire encore l'attention du passant.*

*Les fleurs ne font que fleurir,*
*Et du mieux qu'elles peuvent.*
*Le lys blanc dans la vallée, que personne ne voit,*
*Ne doit d'explication à personne ;*
*Il vit seulement pour la beauté.*
*Mais les hommes ne peuvent pas vivre avec le*
« *seulement* ».

*

*Si les tomates voulaient être melons*
*Elles seraient ridicules.*
*Je m'étonne beaucoup*
*Que tant de gens se préoccupent*
*De vouloir être ce qu'ils ne sont pas ;*
*Quel plaisir ont-ils à se ridiculiser ?*

*

*Tu n'as pas besoin de faire semblant d'être fort*
*Tu n'as pas à toujours prouver que tout va bien,*
*tu ne dois pas te préoccuper de ce que les autres*
*pensent.*
*Pleure si c'est nécessaire*
*il est bon de pleurer jusqu'à la dernière larme*
*(alors seulement tu pourras sourire de nouveau)*

*

Je regarde quelquefois à la télévision les inaugurations de tunnels et de ponts. Voici ce qui se passe normalement : de nombreuses personnalités et des politiciens locaux se mettent en rang, et au centre se trouve le ministre ou le gouverneur du lieu.

Alors, on coupe un ruban, et quand les directeurs des travaux retournent à leurs bureaux, ils y trouvent diverses lettres exprimant reconnaissance et admiration.

Ceux qui ont sué et travaillé pour ce résultat, qui ont tenu la pioche et la pelle, qui se sont épuisés à la tâche en été ou sont restés à la belle étoile en hiver pour terminer les travaux, on ne les voit jamais ; on dirait que la meilleure part revient à ceux qui n'ont pas versé la sueur de leur front.

Je veux être toujours capable de voir les visages que l'on ne voit pas – de ceux qui ne cherchent pas la célébrité ou la gloire, qui accomplissent en silence le rôle que la vie leur destine.

Je veux en être capable, car les choses les plus importantes de l'existence, celles qui nous construisent, ne montrent jamais leur visage.

# Réflexions sur le 11-Septembre 2001

Aujourd'hui seulement, quelques années après l'événement, je décide d'écrire sur ce sujet. J'ai évité de l'aborder immédiatement, afin que chacun puisse réfléchir, à sa manière, aux conséquences des attentats.

Il est toujours très difficile d'admettre qu'une tragédie puisse, d'une certaine manière, produire des résultats positifs. Lorsque nous avons vu, horrifiés, ce qui ressemblait à un film de science-fiction – les tours qui s'écroulaient et emportaient dans leur chute des milliers de personnes – nous avons eu deux sensations immédiates : la première, un sentiment d'impuissance et de terreur devant ce qui se passait ; la seconde, la certitude que le monde ne serait plus jamais le même.

Le monde ne sera plus jamais le même, c'est vrai, mais après tout ce temps de réflexion, la sensation que tous ces gens sont morts en vain demeure-t-elle encore ? Ou peut-on trouver quelque chose sous les décombres du World Trade Center, au-delà de la mort, de la poussière, et de l'acier tordu ?

Je crois que tout être humain, à un certain moment, connaîtra une tragédie dans sa vie – la destruction d'une ville, la mort d'un enfant, une accusation sans preuve, une maladie qui se présente sans prévenir et entraîne l'invalidité permanente. La vie est un risque constant, et celui qui l'oublie ne sera jamais préparé aux défis du destin. Quand nous sommes devant l'inévitable douleur qui croise notre chemin, nous sommes obligés de chercher un sens à ce qui se passe, de surmonter la peur et d'entreprendre le processus de reconstruction.

La première chose que nous devons faire quand nous sommes confrontés à la souffrance et à l'insécurité, c'est de les accepter comme telles. Nous ne pouvons pas les traiter comme quelque chose qui ne nous concerne pas, ni les transformer en une punition qui satisferait notre éternel sentiment de culpabilité. Dans les décombres du World Trade Center se trouvaient des gens comme nous, qui se sentaient en sécurité ou malheureux, accomplis ou luttant pour leur développement, avec une famille qui les attendait à la maison, ou désespérés par la solitude de la grande ville. Ils étaient américains, anglais, allemands, brésiliens, japonais, venant de tous les coins du monde, unis par le destin commun – et mystérieux – de se trouver vers 9 heures du matin au même endroit, qui était beau pour certains, oppressant pour d'autres. Quand les deux tours se sont écroulées, ce ne sont pas seulement ces gens qui sont morts : nous sommes tous morts un peu, et le monde entier a été amoindri.

Quand nous sommes devant une perte grave, qu'elle soit matérielle, spirituelle ou psychologique, nous devons nous rappeler la grande leçon des sages : la patience, la certitude que tout est provisoire dans cette vie. Partant de là, revoyons alors nos valeurs. Puisque pour des années le monde ne redeviendra jamais un lieu sûr, pourquoi ne pas utiliser ce changement soudain et nous aventurer dans des choses que nous avons toujours désiré faire, sans en avoir le courage ? Combien de personnes, ce matin du 11 septembre, se trouvaient au World Trade Center contre leur volonté, essayant de poursuivre une carrière qui n'était pas la leur, faisant un travail qu'elles n'aimaient pas, simplement parce que c'était un lieu sûr, où elles pouvaient mettre de côté assez d'argent pour leur retraite et leur vieillesse ?

C'est en cela que le monde a changé, et ceux qui ont été enterrés sous les décombres des deux édifices nous font maintenant penser à nos propres valeurs. Quand les tours sont tombées, elles ont emporté des rêves et des espoirs, mais elles ont aussi ouvert un espace à l'horizon, et nous ont obligés à réfléchir au sens de nos vies. Et là justement, notre attitude fera toute la différence.

Une vieille histoire raconte que, peu après les bombardements sur Dresde, un homme traversa un terrain rempli de décombres et vit trois ouvriers qui travaillaient.

« Que faites-vous ? » demanda-t-il.

Le premier ouvrier se retourna :

« Vous ne voyez pas ? Je retire ces pierres !

— Vous ne voyez pas ? Je gagne mon salaire ! déclara le deuxième ouvrier.

— Vous ne voyez pas ? dit le troisième. Je reconstruis une cathédrale ! »

Bien que les trois personnes fissent la même chose, une seule mesurait vraiment le sens de son ouvrage. Espérons que, dans le monde qui viendra après le 11-Septembre 2001, chacun de nous saura se relever de ses propres décombres émotionnels, et construire la cathédrale dont nous avons toujours rêvé sans jamais oser la créer.

# Les signes de Dieu

Isabelita me raconte la légende suivante :

Un vieil Arabe analphabète priait avec tant de ferveur, toutes les nuits, que le riche chef d'une grande caravane décida de l'appeler.

« Pourquoi pries-tu avec une telle foi ? Comment sais-tu que Dieu existe, alors que tu ne sais même pas lire ?

— Si, seigneur, je sais lire. Je lis tout ce qu'écrit le Grand Père Céleste.

— Comment cela ? »

L'humble serviteur s'expliqua :

« Quand vous recevez une lettre d'un absent, comment reconnaissez-vous celui qui l'a écrite ?

— Par l'écriture.

— Quand vous recevez un bijou, comment savez-vous qui l'a fabriqué ?

— Par la marque de l'orfèvre.

— Quand vous avez entendu des pas d'animaux autour de la tente, comment savez-vous si c'était un mouton, un cheval ou un bœuf ?

— Par les traces », répondit le chef, surpris par ce questionnaire.

Le vieux croyant l'invita à sortir de la tente et lui montra le ciel.

« Seigneur, ces choses écrites là-haut, ce désert ici-bas, cela n'a pas pu être dessiné ou écrit par des mains humaines. »

## Solitaire sur le chemin

La vie est comme une grande course cycliste, dont le but est d'accomplir sa Légende Personnelle – ce qui, d'après les anciens alchimistes, est notre vraie mission sur Terre.

Au début de la course, nous sommes ensemble, partageant camaraderie et enthousiasme. Mais à mesure que la course se développe, la joie initiale fait place aux vrais défis : la fatigue, la monotonie, les doutes sur nos capacités. Nous constatons que certains amis ont déjà abandonné au fond de leur cœur. Ils courent encore, mais seulement parce qu'ils ne peuvent pas s'arrêter au milieu de la route. Ils forment un groupe de plus en plus nombreux, ils pédalent tous près de la voiture des secours – qu'on appelle aussi Routine – où ils causent entre eux, accomplissent leurs obligations, mais oublient les beautés et les défis de la route.

Nous finissons par prendre nos distances avec eux ; alors nous sommes obligés d'affronter la solitude, les surprises dans les virages inconnus, les problèmes avec la bicyclette. Et à un moment donné, après quelques chutes sans personne près de nous pour nous aider, nous nous demandons finalement si tous ces efforts valent la peine.

Eh bien oui ; il suffit de ne pas renoncer. Le père Alan Jones dit que pour que notre âme puisse surmonter ces obstacles, nous avons besoin de Quatre Forces Invisibles : l'amour, la mort, le pouvoir et le temps.

Il est nécessaire d'aimer, parce que nous sommes aimés par Dieu.

La conscience de la mort est nécessaire, pour bien comprendre la vie.

Il est nécessaire de lutter pour nous développer – mais sans nous laisser illusionner par le pouvoir qui vient avec le développement, car nous savons qu'il ne vaut rien.

Enfin, il faut accepter que notre âme, bien qu'elle soit éternelle, est en ce moment prisonnière dans la toile du temps, avec ses opportunités et ses limites ; ainsi, dans notre course cycliste solitaire, nous devons agir comme si nous avions le temps, faire notre possible pour valoriser chaque seconde, nous reposer quand c'est nécessaire, mais toujours continuer vers la Lumière divine, sans nous laisser incommoder par les moments d'angoisse.

Ces Quatre Forces ne peuvent être traitées comme des problèmes à résoudre, car elles sont au-delà de tout contrôle. Nous devons les accepter, et les laisser nous enseigner ce qu'il nous faut apprendre.

Nous vivons dans un Univers qui est en même temps assez gigantesque pour nous envelopper et assez petit pour tenir dans notre cœur. Dans l'âme de l'homme se trouve l'âme du monde, le silence de la sagesse. Pendant que nous pédalons vers notre but, il est toujours important de nous demander : « Qu'y a-t-il de beau dans cette journée ? » Le soleil peut briller, mais si la pluie tombe, rappelons-nous que cela signifie aussi que les nuages noirs se seront bientôt dissipés. Les nuages se dissipent, mais le soleil demeure, et il ne passe jamais – dans les moments de solitude, il importe de nous en souvenir.

Enfin, quand les choses deviendront très dures, n'oublions pas que tout le monde est déjà passé par là, indépendamment de sa race, de sa couleur, de sa situation sociale, de ses croyances, ou de sa culture. Une belle prière du maître soufi égyptien Dhùl-Nun (mort en 861 ap. J.-C.) résume bien l'attitude positive nécessaire dans ces moments :

« Ô Dieu, quand je prête attention aux voix des animaux, au bruissement des arbres, au murmure des eaux, au chant des oiseaux, au sifflement du vent ou au fracas du tonnerre, j'y vois un témoignage de Ton unité ; je sens que Tu es le pouvoir suprême, l'omniscience, la sagesse suprême, la justice suprême.

« Ô Dieu, je Te reconnais dans les épreuves que je traverse. Permets, ô Dieu, que Ta satisfaction soit ma satisfaction. Que je sois Ta joie, cette joie qu'un Père ressent pour un fils. Et que je me souvienne de Toi avec tranquillité et détermination, même quand il est difficile de dire que je T'aime. »

## Ce qui est plaisant chez l'homme

Un homme demanda à mon ami Jaime Cohen :

« Je veux savoir ce qui est le plus plaisant chez les êtres humains. »

Cohen déclara :

« Ils pensent toujours au contraire de ce qu'ils ont : ils sont pressés de grandir, et ensuite ils soupirent après leur enfance perdue. Ils perdent la santé pour avoir de l'argent, et aussitôt après perdent leur argent pour avoir la santé.

« Ils pensent avec tant d'anxiété à l'avenir qu'ils négligent le présent et ainsi ne vivent ni le présent ni l'avenir.

« Ils vivent comme s'ils n'allaient jamais mourir, et ils meurent comme s'ils n'avaient jamais vécu. »

## Le retour au monde après la mort

J'ai toujours pensé à ce qui se passait tandis que nous répandions un peu de nous-même sur la Terre. Je me suis coupé les cheveux à Tokyo, les ongles en Norvège, j'ai vu mon sang couler d'une blessure en gravissant une montagne en France. Dans mon premier livre, *Les Archives de l'Enfer*, je spéculais un peu sur ce thème, comme s'il était nécessaire de semer un peu de notre corps dans diverses parties du monde, pour que, dans une vie future, quelque chose nous parût familier. J'ai lu, récemment dans le journal français *Le Figaro*, un article signé par Guy Barret, au sujet d'un fait réel qui se produisit en juin 2001, quand quelqu'un porta cette idée à ses ultimes conséquences.

Il s'agit de l'Américaine Vera Anderson, qui passa toute sa vie dans la ville de Medford, Oregon. Déjà âgée, elle fut victime d'un accident cardio-vasculaire aggravé par un emphysème pulmonaire, ce qui l'obligea à passer des années entières dans sa chambre, toujours reliée à un ballon d'oxygène. Le fait en soi est déjà un supplice, mais dans le cas de Vera la situation était d'autant plus grave qu'elle avait rêvé de parcourir le monde et gardé ses économies pour le faire quand elle serait à la retraite.

Vera obtint d'être transférée dans le Colorado, afin de passer le restant de ses jours en compagnie de son fils, Ross. Là, avant de faire son dernier voyage – celui dont on ne revient jamais –, elle prit une décision. Puisqu'elle ne pourrait même pas connaître son pays, alors elle voyagerait après la mort.

Ross se rendit chez le notaire du lieu et enregistra le testament de sa mère : quand elle mourrait, elle souhaitait être incinérée. Jusque-là, rien de plus. Mais le testament continue : ses cendres devaient être placées dans deux cent quarante et une petites sacoches, qui seraient envoyées aux chefs des services postaux des cinquante États américains, et dans chacun des cent quatre-vingt-onze pays du monde – de sorte qu'une partie de son corps au moins visitât finalement les lieux qu'elle avait toujours rêvé de visiter.

Dès que Vera s'en alla, Ross accomplit ses derniè-res volontés avec la dignité que l'on attend d'un fils. À chaque envoi, il ajoutait une petite lettre dans laquelle il demandait que l'on donnât à sa mère une sépulture digne.

Tous ceux qui reçurent les cendres de Vera Anderson traitèrent avec respect la demande de Ross. Aux quatre coins de la Terre se créa une chaîne de solidarité silencieuse, dans laquelle des sympathisants inconnus organisèrent des cérémo-nies et des rites très divers, tenant toujours compte du lieu que la défunte aurait aimé connaître.

Ainsi les cendres de Vera furent-elles dispersées dans le lac Titicaca, du côté bolivien, selon les anciennes traditions des Indiens Aymaras, dans le fleuve devant le palais royal de Stockholm, sur le bord de la Chao Phraya en Thaïlande, dans un temple shintoïste au Japon, dans les glaciers de l'Antarctique, dans le désert du Sahara. Les sœurs de charité d'un orphelinat en Amérique du Sud (l'article ne dit pas dans quel pays) prièrent pendant une semaine avant de répandre les cendres dans le jardin – et décidèrent plus tard que Vera Anderson serait considérée comme une sorte d'ange gardien du lieu.

Ross Anderson reçut des photos des cinq continents, montrant des hommes et des femmes de toutes les races et de toutes les cultures honorant les dernières volontés de sa mère. Quand nous voyons le monde divisé comme il l'est aujourd'hui, où nous croyons que personne ne se soucie d'autrui, ce dernier voyage de Vera Anderson nous remplit d'espoir, car nous savons qu'il y a encore du respect, de l'amour et de la générosité dans l'âme de notre prochain, aussi loin soit-il.

## Qui veut encore ce billet ?

Cassan Saïd Amer raconte l'histoire suivante. Un conférencier commença un séminaire en tenant un billet de 20 dollars et en demandant :

« Qui veut ce billet de 20 dollars ? »

Plusieurs mains se levèrent, mais le conférencier ajouta :

« Avant de le donner, je dois faire quelque chose. »

Il l'écrasa rageusement, et il insista :

« Qui veut encore ce billet ? »

Les mains se levèrent de nouveau.

« Et si je fais cela ? »

Il chiffonna le billet, le jeta contre le mur, le laissa tomber par terre, le piétina, puis il le montra une nouvelle fois – à présent très sale et tout abîmé. Il répéta sa question, et les mains se levèrent encore.

« N'oubliez jamais cette scène, commenta le conférencier. Peu importe ce que je fais avec cet argent, c'est toujours un billet de 20 dollars. Très souvent dans la vie nous sommes écrasés, foulés aux pieds, maltraités, insultés ; et pourtant, nous avons toujours la même valeur. »

# Les deux joyaux

Du prêtre cistercien Marcos Garcia, à Burgos, en Espagne : « Il arrive parfois que Dieu retire à une personne une bénédiction déterminée, afin que celle-ci puisse comprendre qu'Il est plus que des faveurs répondant à des requêtes. Il sait jusqu'à quel point Il peut éprouver une âme, et Il ne va jamais au-delà de ce point.

« Dans ces moments-là, ne disons jamais : "Dieu m'a abandonné." Il ne fait jamais cela ; c'est nous qui pouvons, parfois, L'abandonner. Si le Seigneur nous impose une grande épreuve, Il nous accorde aussi toujours les grâces suffisantes – plus que suffisantes, dirais-je – pour la surmonter. »

À ce sujet, la lectrice Camila Galvão Piva m'a envoyé une histoire intéressante, intitulée « Les deux joyaux ».

Un rabbin très religieux vivait heureux avec sa famille – une épouse admirable et deux fils chéris. Un jour, pour son travail, il dut s'absenter pour plusieurs jours. C'est justement pendant son absence que les deux garçons furent tués dans un grave accident de voiture.

Seule, la mère souffrit en silence. Mais c'était une femme forte et, soutenue par sa foi et sa confiance en Dieu, elle supporta le choc avec dignité et courage. Cependant, comment annoncer à son époux la triste nouvelle ? Bien qu'il fût lui aussi un homme de foi, il avait été hospitalisé autrefois pour des problèmes cardiaques, et la femme craignait que la connaissance de la tragédie n'entraînât sa mort.

Il ne lui restait qu'à prier afin que Dieu lui conseillât la meilleure façon d'agir. La veille de l'arrivée de son mari, elle pria beaucoup, et elle reçut la grâce d'une réponse.

Le lendemain, le rabbin regagna le foyer, serra longuement son épouse dans ses bras, et s'enquit des enfants. La femme lui dit de ne pas se préoccuper, de prendre son bain et de se reposer.

Quelques heures plus tard, ils s'assirent tous les deux pour déjeuner. Elle lui demanda des détails sur son voyage, il raconta tout ce qu'il avait vécu, parla de la miséricorde de Dieu, mais s'inquiéta de nouveau des enfants.

L'épouse, un peu embarrassée, répondit à son mari :

« Laisse les enfants, nous nous en préoccuperons plus tard. Je veux d'abord que tu m'aides à résoudre un problème que je crois grave. »

Déjà inquiet, le mari demanda :

« Que s'est-il passé ? Je t'ai trouvée abattue ! Dis-moi tout ce que tu as sur le cœur, et je suis certain que nous résoudrons ensemble le problème quel qu'il soit, avec l'aide de Dieu.

— Pendant ton absence, un de nos amis m'a rendu visite et m'a laissé en garde deux joyaux d'une valeur inestimable. Ce sont des bijoux très précieux ! Je n'ai jamais rien vu d'aussi beau ! Il vient les rechercher et je ne suis pas prête à les rendre, car je m'y suis attachée. Qu'en dis-tu ?

— Allons, femme ! Je ne comprends pas ton comportement ! Tu n'as jamais cultivé les vanités !

— C'est que je n'avais jamais vu de tels joyaux ! Je ne peux pas accepter l'idée de les perdre pour toujours ! »

Le rabbin répondit avec fermeté :

« Personne ne perd ce qu'il n'a pas possédé. Les retenir équivaudrait à un vol ! Nous allons les rendre, et je t'aiderai à surmonter leur absence. Nous le ferons ensemble, aujourd'hui même.

— Eh bien, mon chéri, que ta volonté soit faite. Le trésor sera rendu. En vérité, c'est déjà fait. Les bijoux précieux étaient nos fils. Dieu les a confiés à notre garde, et pendant que tu étais en voyage, il est venu les chercher. Ils sont partis… »

Le rabbin comprit immédiatement. Il serra contre lui son épouse, et ensemble ils versèrent bien des larmes – mais il avait compris le message, et à partir de ce jour-là ils luttèrent pour surmonter ensemble leur perte.

## Se mentir à soi-même

Cela fait partie de la nature humaine de toujours juger les autres avec une grande sévérité et, quand le vent souffle contre nos désirs, de toujours trouver une excuse pour le mal que nous avons fait, ou maudire notre prochain quand nous échouons. L'histoire qui suit illustre ce que je veux dire.

Un messager fut envoyé en mission urgente vers une ville lointaine. Il sella son cheval et partit au grand galop. Après qu'ils eurent dépassé plusieurs auberges où l'on nourrissait toujours les bêtes, le cheval pensa :

« On ne s'arrête plus pour manger dans des écuries, cela signifie que je ne suis plus traité comme un cheval, mais comme un être humain. Comme tous les hommes, je crois que je mangerai dans la prochaine grande ville. »

Mais les grandes villes passaient, l'une après l'autre, et le conducteur poursuivait son voyage. Alors le cheval commença à penser : « Peut-être que je ne suis pas devenu un être humain, mais un ange, car les anges n'ont jamais besoin de nourriture. »

Enfin, ils atteignirent leur destination, et l'animal fut conduit à l'étable, où il dévora avec un appétit vorace le foin qu'il trouva.

« Pourquoi croire que les choses changent si elles ne suivent pas leur rythme habituel ? se disait-il. Je ne suis ni homme ni ange, mais seulement un cheval affamé. »

# L'art d'essayer

La phrase suivante est de Pablo Picasso : « Dieu est surtout un artiste. Il a inventé la girafe, l'éléphant, la fourmi. En réalité, Il n'a jamais cherché à suivre un style – Il a simplement fait ce qu'Il avait envie de faire. »

Notre envie de marcher crée notre chemin. Cependant, quand nous commençons le voyage vers notre rêve, nous avons très peur, comme si nous étions obligés de faire tout parfaitement. Finalement, si nous vivons des vies différentes, qui a inventé le modèle du « tout parfaitement » ? Si Dieu a fait la girafe, l'éléphant et la fourmi, et que nous voulons vivre à Son image et à Sa ressemblance, pourquoi devons-nous suivre un modèle ? Le modèle nous sert quelquefois à éviter de répéter des erreurs stupides que d'autres ont déjà commises, mais le plus souvent c'est une prison qui nous oblige à toujours répéter ce que tout le monde fait.

Être cohérent, c'est devoir toujours porter la cravate qui va avec les chaussettes. C'est être obligé de garder demain les mêmes opinions qu'aujourd'hui. Et le mouvement du monde, où est-il ?

Du moment que vous ne causez de tort à personne, changez d'avis de temps en temps, et entrez en contradiction sans en avoir honte. Vous avez ce droit ; peu importe ce que les autres vont penser – ils vont penser de toute manière.

Quand nous décidons d'agir, certains excès se produisent. Rappelons le vieux dicton qui dit : « On ne fait pas d'omelette sans casser des œufs. » Il est naturel également que surgissent des conflits inattendus. Il est naturel que surviennent des blessures au cours de ces conflits. Les blessures passent : seules demeurent les cicatrices.

C'est une bénédiction. Ces cicatrices restent avec nous toute notre vie, et elles nous aideront beaucoup. Si, à un certain moment – par commodité ou pour toute autre raison – l'envie est grande de retourner au passé, il suffira de les regarder.

Les cicatrices vont nous montrer la marque des menottes, nous rappeler les horreurs de la prison, et nous continuerons à aller de l'avant.

Alors, détendez-vous. Laissez l'Univers tourner autour de vous, et découvrez la joie de vous surprendre vous-même. « Dieu a choisi les folies du monde pour faire honte aux sages », dit saint Paul.

Un guerrier de la lumière note que certains moments se répètent ; il se voit souvent devant les mêmes problèmes, et il affronte des situations qu'il avait déjà affrontées auparavant.

Alors il est déprimé. Il commence à penser qu'il est incapable de progresser dans la vie, puisque des choses qu'il a vécues autrefois se reproduisent.

« Je suis déjà passé par là », se plaint-il auprès de son cœur.

« Effectivement, tu es déjà passé, répond le cœur. Mais tu n'as jamais dépassé. »

Le guerrier prend alors conscience que la répétition des expériences a une finalité : lui enseigner ce qu'il n'a pas encore appris. Il donne toujours une solution différente à chaque lutte qui se répète, et il ne considère pas ses échecs comme des erreurs, mais comme des pas vers la rencontre avec lui-même.

# Des pièges de la quête

Quand les gens deviennent plus attentifs aux choses de l'esprit, un autre phénomène se produit : l'intolérance envers la quête spirituelle des autres. Tous les jours je reçois des revues, des messages électroniques, des lettres, des pamphlets, qui essaient de prouver que tel chemin est meilleur que l'autre et contiennent une série de règles pour atteindre l'« illumination ». En raison du volume croissant de ce genre de correspondance, j'ai décidé d'écrire un peu sur ce que je considère comme étant dangereux dans cette quête.

*Mythe 1 : L'esprit peut tout soigner.* Ce n'est pas vrai, et je préfère illustrer ce mythe par une histoire. Il y a quelques années, une de mes amies – profondément engagée dans la quête spirituelle – commença à avoir de la fièvre et à se sentir très mal, et toute la nuit elle tenta de se représenter mentalement son corps en recourant à toutes les techniques qu'elle connaissait, afin de se soigner par le seul pouvoir de la pensée. Le lendemain, inquiets, ses enfants lui conseillèrent d'aller voir un médecin, mais elle s'y refusa, affirmant qu'elle « purifiait » son esprit. Ce n'est qu'au moment où la situation devint insupportable qu'elle accepta de se rendre à l'hôpital, où l'on dut l'opérer immédiatement – après avoir diagnostiqué une appendicite. Donc attention : il vaut parfois mieux prier Dieu qu'il guide les mains d'un médecin que de tenter de se soigner tout seul.

*Mythe 2 : La viande rouge éloigne la lumière divine.* Il est évident que, si vous appartenez à une religion déterminée, vous devez respecter les règles établies – les juifs et les musulmans, par exemple, ne mangent pas de viande de porc et, dans ce cas, il s'agit d'une pratique qui fait partie de la foi. Cependant, le monde est inondé par une vague de « purification » par la nourriture : les végétariens radicaux regardent les gens qui mangent de la viande comme s'ils étaient responsables de l'assassinat des animaux. Mais les plantes ne sont-elles pas aussi des êtres vivants ? La nature est un cycle constant de vie et de mort et, un jour, c'est nous qui irons nourrir la terre, donc si vous n'appartenez pas à une religion qui prohibe un aliment déterminé, mangez ce que votre organisme réclame.

Je voudrais rappeler ici l'histoire du mage d'origine russe Georges Gurdjieff : quand il était jeune, il alla rendre visite à un grand maître. Pour impressionner ce dernier, il ne mangeait que des végétaux.

Un soir, le maître voulut savoir pourquoi il suivait un régime aussi rigide, et Gurdjieff répondit : « Pour garder propre mon corps. » Le maître rit et lui conseilla immédiatement de cesser cette pratique ; s'il continuait ainsi, il finirait comme une fleur dans une serre : très pure mais incapable de résister aux défis des voyages et de la vie. Comme le disait Jésus : « Le mal n'est pas ce qui entre dans la bouche de l'homme, mais ce qui en sort. »

*Mythe 3 : Dieu est sacrifice.* Beaucoup de gens cherchent le chemin du sacrifice et de l'auto-immolation, affirmant que nous devons souffrir dans ce monde pour connaître le bonheur dans le prochain. Mais si ce monde est une bénédiction de Dieu, pourquoi ne pas savoir profiter au maximum des joies que donne la vie ? Nous sommes habitués à une image du Christ cloué sur la croix, mais nous oublions que sa passion n'a duré que trois jours ; le reste du temps, il l'a passé à voyager, rencontrer les gens, manger, boire, porter son message de tolérance. À tel point que son premier miracle fut « politiquement incorrect » : quand la boisson manqua aux noces de Cana, il transforma l'eau en vin. Il fit cela, à mon avis, pour montrer à tous qu'il n'y a aucun mal à être heureux, à se réjouir, à faire la fête, car Dieu est beaucoup plus présent quand nous sommes avec les autres. Mahomet disait que « si nous sommes malheureux, nous apportons aussi le malheur à nos amis ». Le Bouddha, après une longue période d'épreuve et de renoncement, était si faible qu'il manqua se noyer ; quand il fut sauvé par un berger, il comprit que l'isolement et le sacrifice nous éloignent du miracle de la vie.

*Mythe 4 : Un seul chemin mène à Dieu.* C'est là le plus dangereux de tous les mythes. Là commencent les explications du Grand Mystère, les guerres de religion, le jugement de notre prochain. Nous pouvons choisir une religion (moi, par exemple, je suis catholique), mais nous devons comprendre que si notre frère a choisi une religion différente, il atteindra le même point de lumière que celui que nous cherchons à travers nos pratiques spirituelles. Enfin, il vaut la peine de rappeler que nous ne pouvons en aucune manière faire porter au prêtre, au rabbin, à l'imam, la responsabilité de nos décisions. C'est nous qui construisons, à travers chacun de nos actes, la route qui mène au Paradis.

## Mon beau-père, Christiano Oiticica

Peu avant de mourir, mon beau-père a appelé sa famille :

« Je sais que la mort n'est qu'un passage, et je veux pouvoir faire cette traversée sans tristesse. Pour que vous ne soyez pas inquiets, j'enverrai un signe pour montrer qu'il valait la peine d'aider les autres dans cette vie. » Il a souhaité être incinéré, et que ses cendres soient dispersées sur la plage de l'Arpoador, tandis qu'un lecteur de cassettes jouerait ses morceaux de musique préférés.

Il est décédé deux jours plus tard. Un ami s'est occupé de la crémation à São Paulo et, de retour à Rio, nous sommes tous partis vers l'Arpoador avec la radio, les cassettes, le paquet contenant la petite urne de cendres. Arrivant face à la mer, nous avons découvert que le couvercle était scellé par des vis. Nous avons tenté de l'ouvrir, inutilement.

Il n'y avait personne à proximité, sauf un mendiant, qui s'est approché et nous a demandé ce que nous voulions.

Mon beau-frère a répondu : « Un tournevis, parce que les cendres de mon père se trouvent là-dedans.

— C'était certainement un homme très bon, parce que je viens juste de trouver cela », a dit le mendiant.

Et il nous a tendu un tournevis.

# Merci, président Bush

*Ce texte a été publié sur un Site Internet anglais le 8 mars 2003, deux semaines avant l'invasion de l'Irak – et au cours de ce mois, ce fut l'article le plus diffusé sur la guerre, avec approximativement cinq cents millions de lecteurs.*

Merci à vous, grand dirigeant. Merci, George W. Bush.

Merci de montrer à tous le danger que représente Saddam Hussein. Nombre d'entre nous avaient peut-être oublié qu'il avait utilisé des armes chimiques contre son peuple, contre les Kurdes, contre les Iraniens. Hussein est un dictateur sanguinaire, l'une des expressions les plus manifestes du mal aujourd'hui.

Mais j'ai d'autres raisons de vous remercier. Au cours des deux premiers mois de l'année 2003, vous avez su montrer au monde beaucoup de choses importantes, et pour cela vous méritez ma reconnaissance.

Ainsi, me rappelant un poème que j'ai appris enfant, je veux vous dire merci.

Merci de montrer à tous que le peuple turc et son Parlement ne se vendent pas, même pour 26 milliards de dollars.

Merci de révéler au monde le gigantesque abîme qui existe entre les décisions des gouvernants et les désirs du peuple. De faire apparaître clairement que José María Aznar et Tony Blair n'ont aucun respect pour les voix qui les ont élus et n'en tiennent aucun compte. Aznar est capable d'ignorer que 90 % des Espagnols sont opposés à la guerre, et Blair ne fait aucun cas de la plus grande manifestation publique de ces trente dernières années en Angleterre.

Merci, car votre persévérance a forcé Tony Blair à se rendre au Parlement britannique avec un dossier rédigé par un étudiant il y a dix ans, et à le présenter comme « des preuves irréfutables recueillies par les services secrets britanniques ».

Merci d'avoir fait en sorte que Colin Powell présente au Conseil de sécurité de l'ONU des preuves et des photos qui, une semaine plus tard, ont été publiquement contestées par Hans Blix, l'inspecteur responsable du désarmement de l'Irak.

Merci, car votre position a valu au ministre français des Affaires étrangères, Dominique de Villepin, prononçant son discours contre la guerre, d'être applaudi en séance plénière – ce qui, à ma connaissance, n'était arrivé qu'une fois dans l'histoire des Nations unies, à l'occasion d'un discours de Nelson Mandela.

Merci, car grâce à vos efforts en faveur de la guerre, pour la première fois, les nations arabes – en général divisées – ont unanimement condamné une invasion, lors de la rencontre du Caire la dernière semaine de février.

Merci, car grâce à votre rhétorique affirmant que « l'ONU avait une chance de démontrer son importance », même les pays les plus réfractaires ont fini par prendre position contre une attaque de l'Irak.

Merci pour votre politique extérieure qui a conduit le ministre britannique des Affaires étrangères, Jack Straw, à déclarer en plein XXI$^e$ siècle qu'« une guerre peut avoir des justifications morales » – et à perdre ainsi toute sa crédibilité.

Merci d'essayer de diviser une Europe qui lutte pour son unification ; cet avertissement ne sera pas ignoré.

Merci d'avoir réussi ce que peu de gens ont réussi en un siècle : rassembler des millions de personnes, sur tous les continents, qui se battent pour la même idée – bien que cette idée soit opposée à la vôtre.

Merci de nous faire de nouveau sentir que nos paroles, même si elles ne sont pas entendues, sont au moins prononcées. Cela nous donnera davantage de force dans l'avenir.

Merci de nous ignorer, de marginaliser tous ceux qui ont pris position contre votre décision, car l'avenir de la Terre appartient aux exclus.

Merci parce que, sans vous, nous n'aurions pas connu notre capacité de mobilisation. Peut-être ne servira-t-elle à rien aujourd'hui, mais elle sera certainement utile plus tard.

À présent que les tambours de la guerre semblent résonner de manière irréversible, je veux faire miens les mots qu'un roi européen adressa autrefois à un envahisseur : « Que pour vous la matinée soit belle, que le soleil brille sur les armures de vos soldats – car cet après-midi je vous mettrai en déroute. »

Merci de nous permettre à tous, armée d'anonymes qui nous promenons dans les rues pour tenter d'arrêter un processus désormais en marche, de découvrir ce qu'est la sensation d'impuissance, d'apprendre à l'affronter et à la transformer.

Donc, profitez de votre matinée et de ce qu'elle peut encore vous apporter de gloire.

Merci, car vous ne nous avez pas écoutés, et ne nous avez pas pris au sérieux. Sachez bien que nous, nous vous écoutons et que nous n'oublierons pas vos propos.

Merci, grand dirigeant George W. Bush.

Merci beaucoup.

## Le domestique intelligent

À l'époque dans une base aérienne en Afrique, l'écrivain Saint-Exupéry fit une collecte parmi ses amis, car un domestique marocain voulait retourner dans sa ville natale. Il parvint à réunir mille francs.

L'un des pilotes transporta le domestique jusqu'à Casablanca, et raconta à son retour ce qui s'était passé :

« Dès son arrivée, il est allé dîner dans le meilleur restaurant, il a distribué de généreux pourboires, payé à boire à tout le monde, acheté des poupées pour les enfants de son village. Cet homme n'avait pas le moindre sens de l'économie.

— Au contraire, répondit Saint-Exupéry. Il savait que le meilleur investissement au monde, ce sont les gens. En dépensant de la sorte, il a pu regagner le respect de ses compatriotes, qui finalement lui ont offert un emploi. En fin de compte, seul un gagneur peut être aussi généreux. »

# La troisième passion

Durant ces quinze dernières années, je me souviens d'avoir vécu seulement trois passions asservissantes – de celles qui vous font tout lire à leur sujet, en parler de façon compulsive, rechercher des gens qui ont la même affinité, vous endormir et vous réveiller en y pensant. La première, c'est quand j'ai acheté un ordinateur, abandonnant pour toujours la machine à écrire et découvrant la liberté qu'il me procurait (j'écris maintenant dans une petite ville de France avec une machine qui pèse moins de 1,5 kilo, contient dix ans de ma vie professionnelle, et me permet de trouver ce dont j'ai besoin en moins de cinq secondes). La deuxième, c'est quand je suis allé pour la première fois sur Internet – à cette époque déjà une bibliothèque plus grande que la plus grande de toutes les bibliothèques.

Mais la troisième passion n'a rien à voir avec les avancées technologiques. Il s'agit de… l'arc et la flèche. Dans ma jeunesse, j'ai lu un livre fascinant, *Le zen dans l'art chevaleresque du tir à l'arc*, de E. Herrigel (Dervy-Livres). L'auteur y racontait son parcours spirituel à travers ce sport. L'idée est restée dans mon inconscient jusqu'au jour où, dans les montagnes des Pyrénées, j'ai rencontré un archer. Au détour d'une conversation, il m'a prêté son matériel, et dès lors je n'ai plus pu vivre sans pratiquer le tir à l'arc tous les jours ou presque.

Au Brésil, j'ai installé un stand de tir dans mon appartement (de ceux que l'on peut démonter en cinq minutes, quand les visiteurs arrivent). Dans les montagnes françaises, je sors tous les jours pratiquer, et cela m'a conduit deux fois au lit – victime d'hypothermie, pour être resté plus de deux heures exposé à une température de – 6 °C. J'ai participé au Forum économique mondial cette année à Davos, soutenu par des analgésiques très puissants ; deux jours auparavant, à cause d'une mauvaise position du bras, j'avais eu une douloureuse inflammation musculaire.

En quoi tout cela est-il fascinant ? Il n'est en rien pratique de viser une cible avec un arc et une flèche, des armes qui remontent à trente mille ans avant le Christ. Mais Herrigel, qui a éveillé chez moi cette passion, savait de quoi il parlait. Voici des passages de *Le zen dans l'art chevaleresque du tir à l'arc* (qui peuvent s'appliquer à diverses activités de la vie quotidienne) :

« Au moment de maintenir la tension, elle doit être concentrée uniquement sur ce qui t'est utile ; pour le reste, économise tes énergies, apprends (avec l'arc) que pour atteindre une cible, il n'est pas nécessaire de faire un mouvement gigantesque, mais de fixer ton objectif.

« Mon maître m'a donné un arc très rigide. J'ai demandé pourquoi il commençait son enseignement comme si j'étais déjà un professionnel. Il a répondu : "Celui qui commence par des choses faciles n'est pas préparé pour les grands défis. Mieux vaut savoir tout de suite le genre de difficulté que tu rencontreras en chemin."

« Pendant très longtemps je tirais sans parvenir à bien ouvrir l'arc, et puis un jour, le maître m'a enseigné un exercice de respiration, et tout est devenu facile. J'ai demandé pourquoi il avait tellement tardé à me corriger. Il a répondu : "Si dès le début je t'avais enseigné les exercices respiratoires, tu aurais pensé qu'ils étaient inutiles. Maintenant tu croiras ce que je te dis, et tu pratiqueras en sachant que c'est vraiment important. Celui qui sait éduquer agit ainsi."

« Le moment de lâcher la flèche se présente de manière instinctive, mais il faut d'abord bien connaître l'arc, la flèche et la cible. Le coup parfait dans les compétitions de la vie recourt aussi à l'intuition ; cependant, on ne peut oublier la technique que lorsqu'on la maîtrise complètement. »

Au bout de quatre ans, j'étais déjà capable de maîtriser l'arc, et le maître m'a félicité. J'étais content, et j'ai dit que j'étais arrivé à la moitié du chemin. « Non, a répondu le maître. Pour ne pas tomber dans des pièges perfides, il vaut mieux considérer que la moitié du chemin est le point que tu atteins après avoir parcouru quatre-vingt-dix pour cent de la route. »

*ATTENTION ! L'usage de l'arc et de la flèche est dangereux, dans certains pays (comme la France) il est classé comme arme et ne peut être pratiqué qu'après réception d'une carte d'habilitation, et seulement dans des lieux expressément autorisés.*

## Le catholique et le musulman

Au cours d'un déjeuner, je conversais avec un prêtre catholique et un jeune musulman. Quand le garçon passait avec un plateau, tous se servaient, sauf le musulman, qui respectait le jeûne annuel prescrit par le Coran.

Quand le déjeuner s'acheva, les convives sortirent et l'un d'eux ne manqua pas de lancer cette pique : « Vous voyez comme les musulmans sont fanatiques ! Heureusement que vous autres n'avez rien en commun avec eux. »

« Mais si, dit le prêtre. Ce garçon s'efforce de servir Dieu autant que moi. Simplement nous suivons des lois différentes. »

Et il conclut : « Il est malheureux que les gens ne voient que les différences qui les séparent. S'ils regardaient avec plus d'amour, ils discerneraient surtout ce qu'il y a de commun entre eux – et la moitié des problèmes du monde seraient résolus. »

# La loi de Jante

« Que pensez-vous de la princesse Martha-Louise ? »

Le journaliste norvégien m'interviewait au bord du lac de Genève. Généralement je refuse de répondre à des questions qui sortent du contexte de mon travail, mais dans ce cas sa curiosité avait un motif : sur la robe qu'elle portait pour ses trente ans, la princesse avait fait broder le nom de plusieurs personnes qui avaient compté dans sa vie, et parmi ces noms se trouvait le mien (ma femme trouva l'idée si bonne qu'elle décida de faire la même chose pour son cinquantième anniversaire et plaça dans un coin de son vêtement le crédit suivant : « inspiré par la princesse de Norvège »).

« Je trouve que c'est une personne sensible, délicate, intelligente, ai-je répondu. J'ai eu l'occasion de la rencontrer à Oslo, quand elle m'a présenté à son mari, écrivain comme moi. »

Je me suis arrêté un peu, mais il me fallait aller plus loin :

« Et il y a une chose que vraiment je ne comprends pas : pourquoi la presse norvégienne s'est-elle mise à attaquer le travail de son mari après son mariage avec la princesse ? Auparavant les critiques lui étaient favorables. »

Ce n'était pas à proprement parler une question, mais une provocation, car j'imaginais déjà la réponse : la critique a changé parce que les gens éprouvent de l'envie, le plus amer des sentiments humains.

Mais le journaliste a été plus subtil :

« Parce qu'il a transgressé la loi de Jante. »

Évidemment, je n'en avais jamais entendu parler, et il m'a expliqué ce dont il s'agissait. Poursuivant mon voyage, je me suis rendu compte que dans tous les pays scandinaves, il était difficile de rencontrer quelqu'un qui ne connût pas cette loi. Bien qu'elle existe depuis le commencement de la civilisation, elle n'a été énoncée officiellement qu'en 1933 par l'écrivain Aksel Sandemose dans le roman *Un réfugié dépasse ses limites*.

Triste constatation, la loi de Jante ne se limite pas à la Scandinavie : c'est une règle appliquée dans tous les pays du monde, même si les Brésiliens disent « cela n'arrive qu'ici », ou que les Français affirment « chez nous, malheureusement, c'est ainsi ». Comme le lecteur doit déjà être agacé parce qu'il a lu plus de la moitié du texte sans savoir exactement ce que signifie la loi de Jante, je vais tenter de la résumer ici, avec mes propres mots :

« *Tu ne vaux rien, personne ne s'intéresse à ce que tu penses, la médiocrité et l'anonymat sont le meilleur choix. Si tu agis ainsi, tu n'auras jamais de grands problèmes dans la vie.* »

La loi de Jante concerne, dans son contexte, le sentiment de jalousie et d'envie qui donne parfois beaucoup de maux de tête aux gens comme Ari Behn, le mari de la princesse Martha-Louise. C'est l'un de ses aspects négatifs, mais il y a beaucoup plus dangereux.

C'est grâce à elle que le monde a été manipulé de toutes les manières possibles par des gens qui n'ont pas peur des observations des autres et finissent par faire tout le mal qu'ils désirent. Nous venons d'assister à une guerre inutile en Irak, qui continue de coûter nombre de vies ; nous voyons un grand abîme entre les pays riches et les pays pauvres, l'injustice sociale partout, une violence incontrôlée, des gens qui sont obligés de renoncer à leurs rêves parce qu'ils sont injustement et lâchement attaqués. Avant de provoquer la Seconde Guerre mondiale, Hitler avait donné divers signes de ses intentions, et s'il a pu aller plus loin, c'est qu'il savait que personne n'oserait le défier à cause de la loi de Jante.

La médiocrité peut être confortable, jusqu'au jour où la tragédie frappe à la porte, et alors les gens se demandent : « Mais pourquoi personne n'a-t-il rien dit, alors que tout le monde voyait que cela allait arriver ? »

C'est simple : personne n'a rien dit parce qu'eux non plus n'ont rien dit.

Pour éviter que les choses n'empirent encore, peut-être est-ce donc le moment d'écrire l'anti-loi de Jante :

« Tu vaux bien mieux que tu ne le penses. Ton travail et ta présence sur cette Terre sont importants, même si tu ne le crois pas. Bien sûr, en pensant ainsi, tu risques d'avoir beaucoup de problèmes parce que tu transgresses la loi de Jante ; mais ne te laisse pas intimider, continue à vivre sans crainte, et, à la fin, tu gagneras. »

## La vieille à Copacabana

Elle était sur le large trottoir de l'avenue Atlântica, avec une guitare, et un écriteau où était inscrit à la main : « Chantons ensemble ».

Elle se mit à jouer toute seule. Puis arrivèrent un ivrogne et une autre vieille femme, et ils se mirent à chanter avec elle. Bientôt une petite foule chantait et une autre petite foule servait de public, applaudissant à la fin de chaque numéro.

« Pourquoi faites-vous cela ? demandai-je entre deux chansons.

— Pour ne pas rester seule, dit-elle. J'ai une vie très solitaire, comme presque tous les gens âgés. »

Dieu veuille que tout le monde résolve ses problèmes de cette manière !

## Restons ouverts à l'amour

Il y a des moments où nous aimerions bien aider ceux que nous aimons beaucoup, mais où nous ne pouvons rien faire. Ou bien les circonstances ne nous permettent pas d'approcher la personne, ou bien elle est fermée à tout geste de solidarité et de soutien.

Alors, seul nous reste l'amour. Dans les moments où tout se révèle inutile, nous pouvons encore aimer, sans attendre des récompenses, des changements, des remerciements.

Si nous parvenons à agir de cette manière, l'énergie de l'amour commence à transformer l'univers autour de nous. Quand cette énergie apparaît, elle parvient toujours à opérer. « Le temps ne transforme pas l'homme. Le pouvoir de la volonté ne transforme pas l'homme. L'amour le transforme », dit Henry Drummond.

J'ai lu dans le journal qu'une enfant, à Brasilia, avait été brutalement frappée par ses parents. Résultat, son corps ne pouvait plus se mouvoir et elle restait muette.

Internée à l'hôpital de Base, elle fut soignée par une infirmière qui lui disait tous les jours : « Je t'aime. » Bien que les médecins assurassent qu'elle ne pouvait pas entendre et que ses efforts étaient inutiles, l'infirmière continuait à répéter : « Je t'aime, n'oublie pas. »

Au bout de trois semaines, l'enfant avait retrouvé ses mouvements. Quatre semaines plus tard, elle se remettait à parler et à sourire. L'infirmière ne donna jamais d'interviews, et le journal ne publia pas son nom – mais c'est inscrit ici pour que nous ne l'oubliions jamais : l'amour guérit.

L'amour transforme, l'amour guérit. Mais parfois l'amour fabrique des pièges mortels, et finit par détruire la personne qui a décidé de s'y abandonner totalement. Quel est ce sentiment complexe, qui est au fond notre seule raison de rester en vie, de lutter, de chercher à nous améliorer ?

Je serais irresponsable si je tentais de le définir, car, comme tous les êtres humains, je ne parviens qu'à le ressentir. On a écrit des milliers de livres, monté des pièces de théâtre, produit des films, créé des poèmes, taillé des sculptures dans le bois ou dans le marbre, et pourtant, tout ce que l'artiste peut transmettre, c'est l'idée d'un sentiment, pas le sentiment en soi.

Mais j'ai appris que ce sentiment était présent dans les petites choses et se manifestait dans la plus insignifiante de nos attitudes. Il faut donc toujours avoir l'amour à l'esprit, quand nous agissons ou quand nous n'agissons pas.

Prendre notre téléphone et dire le mot de tendresse que nous avions remis à plus tard. Ouvrir la porte et laisser entrer celui qui a besoin de notre aide. Accepter un emploi. Quitter un emploi. Prendre la décision que nous avions différée. Demander pardon pour une erreur que nous avons commise et qui ne nous laisse pas en paix. Exiger un droit que nous avons. Ouvrir un compte chez le fleuriste, qui est plus important que le bijoutier. Mettre la musique bien fort quand la personne aimée est loin, baisser le volume quand elle est près de nous. Savoir dire « oui » et « non » parce que l'amour concerne toutes les énergies humaines. Découvrir un sport que l'on peut pratiquer à deux. Ne suivre aucune recette, même celles qui sont dans ce paragraphe – car l'amour a besoin de créativité.

Et quand rien de tout cela n'est possible, quand il ne reste que la solitude, alors rappelons-nous une histoire qu'un lecteur m'a envoyée un jour :

Une rose rêvait jour et nuit de la compagnie des abeilles, mais aucune ne venait se poser sur ses pétales.

La fleur, cependant, continuait à rêver. Durant ses longues nuits, elle imaginait un ciel où volaient de nombreuses abeilles, qui venaient tendrement l'embrasser. Ainsi, elle parvenait à résister jusqu'au jour suivant, où elle s'ouvrait de nouveau à la lumière du soleil.

Un soir, connaissant la solitude de la rose, la lune demanda :

« N'es-tu pas lassée d'attendre ?

— Peut-être. Mais je dois continuer à lutter.

— Pourquoi ?

— Parce que si je ne m'ouvre pas, je me fane. »

Dans les moments où la solitude semble écraser toute beauté, nous n'avons d'autre moyen de résister que de rester ouverts.

# Croire à l'impossible

William Blake dit dans l'un de ses textes : « Tout ce qui aujourd'hui est une réalité faisait auparavant partie d'un rêve impossible. » C'est ainsi qu'aujourd'hui nous avons l'avion, les vols spatiaux, l'ordinateur sur lequel en ce moment j'écris ces lignes, etc.

Dans le célèbre chef-d'œuvre de Lewis Carroll *À travers le miroir*, il y a un dialogue entre le personnage principal et la reine, qui vient de raconter quelque chose d'extraordinaire.

« Je ne peux pas le croire, dit Alice.

— Tu ne peux pas ? répète la reine d'un air triste. Essaie de nouveau : respire profondément, ferme les yeux, et crois. »

Alice rit.

« Ça ne sert à rien d'essayer. Seuls les idiots pensent que les choses impossibles peuvent arriver.

— Je pense que ce qui te manque, c'est un peu de pratique, réplique la reine. Quand j'avais ton âge, je m'entraînais au moins une demi-heure par jour, juste après le petit déjeuner, je faisais mon possible pour imaginer cinq ou six choses incroyables qui pourraient croiser mon chemin, et aujourd'hui je vois que la plupart des choses que j'ai imaginées sont devenues réalité. Je suis même devenue reine à cause de cela. »

La vie nous commande constamment : « Crois ! » Il est nécessaire pour notre bonheur de croire qu'un miracle peut arriver à tout moment, mais aussi pour notre protection, ou pour justifier notre existence. Dans le monde actuel, beaucoup de gens jugent impossible de mettre fin à la misère, d'avoir une société juste, de diminuer les tensions religieuses qui semblent croître chaque jour.

La plupart des gens évitent la lutte sous les prétextes les plus divers : conformisme, maturité, sens du ridicule, sensation d'impuissance. Nous voyons l'injustice faite à notre prochain et nous nous taisons. « Je ne vais pas me mêler à des bagarres inconsidérément », voilà l'explication.

C'est une attitude lâche. Celui qui parcourt un chemin spirituel porte avec lui un code d'honneur qu'il doit respecter ; la voix qui s'élève contre ce qui n'est pas correct est toujours entendue par Dieu.

Et pourtant, il nous arrive parfois d'entendre cette réflexion :

« Je passe mon temps à croire à des rêves, très souvent je cherche à combattre l'injustice, mais je finis toujours par être déçu. »

Un guerrier de la lumière sait que certaines batailles impossibles méritent d'être menées, c'est pourquoi il n'a pas peur des déceptions – il connaît le pouvoir de son épée et la force de son amour. Il rejette avec véhémence ceux qui sont incapables de prendre des décisions et cherchent toujours à faire porter aux autres la responsabilité de tous les malheurs du monde.

S'il ne lutte pas contre ce qui n'est pas correct – même si cela semble au-dessus de ses forces – il ne trouvera jamais le bon chemin.

Mon éditeur iranien m'a envoyé un jour un texte qui disait :

« Aujourd'hui une forte pluie m'a pris au dépourvu pendant que je marchais dans la rue… Grâce à Dieu, j'avais mon parapluie et mon manteau, mais ils étaient tous les deux dans le coffre de ma voiture, garée très loin. Pendant que je courais pour aller les chercher, je pensais que j'étais en train de recevoir un étrange signe de Dieu : nous avons toujours les ressources nécessaires pour affronter les tempêtes que la vie nous prépare, mais la plupart du temps ces ressources sont rangées au fond de notre cœur et les chercher nous fait perdre un temps énorme ; quand nous les trouvons, nous avons déjà été vaincus par l'adversité. »

Soyons donc toujours préparés ; sinon nous perdrons notre chance, ou bien nous perdrons la bataille.

## La tempête se rapproche

Je sais qu'une tempête se prépare car je peux regarder au loin et voir ce qui se passe à l'horizon. Bien sûr, la lumière aide un peu – c'est la fin de la soirée, ce qui renforce le contour des nuages. Je vois aussi la lueur des éclairs.

Aucun bruit. Le vent ne souffle ni plus fort, ni plus faiblement qu'auparavant. Mais je sais qu'une tempête se prépare, parce que j'ai l'habitude d'observer l'horizon.

Je m'arrête dans ma promenade – rien n'est plus excitant ou effrayant que de regarder une tempête qui s'approche. La première idée qui me vient à l'esprit, c'est de chercher un abri – mais cela peut être dangereux. L'abri peut être une sorte de piège – bientôt le vent se mettra à souffler, et il est sans doute assez puissant pour arracher des toitures, briser des branches, détruire des fils à haute tension.

Je me souviens d'un vieil ami qui, passant son enfance en Normandie, put assister au débarquement des troupes alliées dans la France occupée par les nazis. Je n'ai pas oublié ses mots :

« Je me suis réveillé, et l'horizon était rempli de navires de guerre. Sur la plage près de ma maison, les soldats allemands contemplaient la scène comme moi. Mais ce qui me terrorisait plus que tout, c'était le silence. Un silence total, qui précède un combat meurtrier. »

C'est ce même silence qui m'entoure. Et qui peu à peu est remplacé par le bruit – très doux – de la brise dans les champs de maïs autour de moi. La pression atmosphérique change. La tempête est de plus en plus proche, et au silence se substitue le doux bruissement des feuilles.

J'ai assisté à de nombreuses tempêtes dans ma vie. La plupart des orages m'ont pris par surprise, de sorte que j'ai dû apprendre – et très vite – à voir plus loin et comprendre que je ne suis pas capable de contrôler le temps, à exercer l'art de la patience et à respecter la fureur de la nature. Les choses ne se passent pas toujours comme je l'aurais souhaité, il vaut mieux m'y habituer.

Il y a des années, j'ai composé une chanson qui disait : « *je n'ai plus peur de la pluie/car la pluie, revenant vers la terre/apporte des éléments de l'air* ». Mieux vaut dominer la peur. Me montrer digne de ce que j'ai écrit, et comprendre que, aussi terrible que soit la tornade, dans un moment, elle sera passée.

La vitesse du vent a augmenté. Je suis dans un champ ouvert, il y a à l'horizon des arbres qui, théoriquement du moins, vont attirer la foudre. Ma peau est imperméable, même si mes vêtements sont trempés. Par conséquent, mieux vaut jouir de cette vision, plutôt que de me précipiter à la recherche d'un abri.

Une demi-heure passe. Mon grand-père, ingénieur, aimait m'enseigner les lois de la physique tandis que nous nous amusions : « Quand tu auras vu l'éclair, compte les secondes et multiplie par 340, le son se propageant à la vitesse de 340 mètres par seconde. Ainsi, tu sauras toujours à quelle distance est tombée la foudre. » Un peu compliqué pour un enfant, mais je me suis habitué à procéder de la sorte : en ce moment, la tempête se trouve à deux kilomètres.

Il y a encore assez de clarté pour que je puisse voir le contour des nuages que les pilotes d'avion appellent CB – cumulo-nimbus. En forme d'enclume, comme si un forgeron martelait les cieux, forgeant des épées pour des dieux enragés, qui en ce moment doivent se trouver au-dessus de la ville de Tarbes.

Je vois la tempête qui se rapproche. Comme toutes les tempêtes, elle apporte la destruction – mais en même temps, elle arrose la campagne, et la sagesse du ciel descend avec sa pluie. Comme toutes les tempêtes, elle doit passer. Plus elle sera violente, plus elle sera rapide.

Grâce à Dieu, j'ai appris à affronter les tempêtes.

# Et terminons ce livre par des prières...

### Dhammapada (attribué au Bouddha)

Plutôt que mille paroles,
Qu'il n'y en ait qu'une, mais qu'elle apporte la Paix.
Plutôt que mille vers,
Qu'il n'y en ait qu'un, mais qu'il montre le Beau.
Plutôt que mille chansons,
Qu'il n'y en ait qu'une, mais qu'elle répande la Joie

### Mawlânâ Jalâl Al-Dîn Rûmî, XIIIᵉ siècle

Dehors, au-delà de ce qui est juste et de ce qui est faux, il y a un champ immense.
Nous nous rencontrerons là.

### Le prophète Mahomet, VIIᵉ siècle

Ô Allah ! Je te consulte parce que tu sais tout, et connais même ce qui est caché.
Si ce que je fais est bon pour moi et pour ma religion, pour ma vie présente et à venir, alors que la tâche soit facile et bénie.
Si ce que je fais maintenant est mauvais pour moi et pour ma religion, pour ma vie présente et à venir, garde-moi loin de cette tâche.